Alex Acht · SpielRaum

Alex Acht ist gelernter Journalist. Er arbeitet seit dem Ende des Jugoslawien-Konflikts in Projekten zur Europäischen Integration.

ALEX ACHT

SpielRaum

© 2017 Alex Acht
Satz und Layout: Buch&media GmbH, München
Umschlaggestaltung: Renate Bartaun, Wien
unter Verwendung eines Bilds von © Tom Bayer / Fotolia.com
Herstellung und Verlag: BoD – Books on Demand
Printed in Germany · ISBN 978-3-7431-5643-2

Inhalt

Der erste Samstag 9
Sonntag 39
Montag 62
Dienstag 78
Mittwoch 97
Donnerstag 107
Italienerwochenende 118
Maurermontag 130
Dienstag 157
Mittwoch 170
Donnerstag 178
Freitag 181
Samstag 191
Der letzte Sonntag 222

Thank you, Ian, you lived a full life, you understood how to make the most of what you had, and you accepted death with dignity, a real hero to the end.

Facebook, 9. Juni 2009

Der erste Samstag

Heh, ob du schwanger bist, hab' ich dich gefragt, Maria!«, krähte eine Frauenstimme. »In unserem Alter. Sauber!«

Georg Sloraczny blieb beim Wort »Heh« stehen und suchte das Gelände nach einer bestimmten Frau ab. Er sah aber nur Wate hinter seiner Schänke etwas richten und drei Kolleginnen seiner Tochter. Maria – hager und mit tief gebräuntem, faltigem Gesicht – hatte sich taub gestellt und weiter mit geschlossenen Augen die Morgensonne im Biergarten genossen. Hinter Maria stand ihre Freundin Lisa mit Nadel und Faden. Sie trennte und nähte an Marias Dirndl herum, um deren unpassend großen Bauch darin unterzubringen.

»Heh, Maria! Ob du schwanger bist, hab' ich dich gefragt.«

»Aber geh, niemand ist schwanger«, hustete Maria. Sie habe es doch an der Leber und jetzt sei eben alles so angeschwollen. Marietta lachte nervös und laut. Sie wackelte mit dem Kopf: »Also, und ich hätt' glatt g'laubt, du bist schwanger.«

Sloraczny atmete missbilligend tief ein und hoffte, dass man ihm von außen seine geringschätzige Haltung nicht ansehen konnte, denn beim Ausatmen sah er seine Tochter.

Ruth lehnte an der Schänke, sie war durch das Schwangerschaftsgeschrei aus ihren Gedanken gerissen worden, fröstelte und drehte ihr Gesicht wie

Maria in die Morgensonne. Sie atmete ebenfalls tief ein und aus. *Der Geruch ist schon da*, dachte sie. Das Gedränge fehlte noch, die Schmerzen waren noch nicht zu spüren, die Nerven lagen noch nicht blank, die Blasmusik war noch nicht zu hören, der Geruch war noch zu schwach. Aber er war schon angelegt. Er würde in den nächsten Tagen säuerlicher und schärfer werden. Er war da und wartete auf sie.

Kräftige Schrittgeräusche näherten sich in unterschiedlicher Geschwindigkeit und entfernten sich wieder. Ruth bemerkte nun auch, dass das unverwechselbare Klacken der Maßkrüge, die gerade ausgeräumt und gespült wurden, begonnen hatte. Die Schritte und das Klacken erzeugten die Ouvertüre für den Sog, der jedes Jahr um Punkt zwölf Uhr angeworfen wurde und die unterschiedlichsten Leute für die nächsten zwei Wochen erfasste, aneinander drückte und sie danach kraftlos wieder losließ. Automatisch tauchten Bilder von Ian in ihr auf, und von Wate und Teresa.

»Das ist also deine Welt«, sagte eine Stimme hinter ihr. Sie drehte sich um und beugte sich überrascht zu ihrem Vater und umarmte ihn. »Was machst du denn hier? Zwanzig Jahre hast du mich hier nicht besucht!«

Sie schob Georg Sloraczny zu ihren Tischen und setzte sich ebenfalls hin.

Er ließ seinen Blick schweifen und sah nichts, was ihm gefallen könnte. Ein paar Kellnerinnen eilten durch den Biergarten. Für Sloracznys Geschmack hatten sie zu wichtige Mienen aufgesetzt, er verachtete sie sofort. Die einheitliche folkloristische Arbeitskleidung machte sie seiner Tochter ähnlich. »Das ist also deine Welt«, wiederholte er und zündete sich eine Zigarette an. »Als Kind wolltest du Lehrerin werden«, sagte er. »Und jetzt das.«

»Als Kind wollte ich Zigeuner werden«, berichtigte sie.

Er nickte. »Das stimmt«, sagte er. »Und ich habe dich nicht darauf hingewiesen, dass man das nicht werden kann.«

»Du musst dann gleich wieder gehen«, wechselte sie das Thema. »In zwei Stunden ist das ganze Oktoberfest-Gelände voller Menschen, du kommst nicht mehr raus.«

»Ja«, sagte er. »Ich wollte mir nur ein Bild machen.«

»Komm unter der Woche, da geht es besser«, schlug sie vor. »Ich bring dich zur Straße. Neuer Speichenschutz? Habe ich vorhin gar nicht bemerkt!« Sie schob den Rollstuhl Richtung Ausgang und sah sich die neuen farbenprächtigen Plastikscheiben an, die Georg Sloraczny an den Rädern montiert hatte.

»Wie viele Leute passen denn in dein Bierzelt?«, fragte Sloraczny.

»Keine Ahnung. Achttausend oder zehntausend.«

»Und wie viele Bierzelte gibt es hier inzwischen?«

Ruth sah auf die Uhr. Wo blieb denn Kristina? »Das weiß ich doch nicht! Zwölf, glaube ich.«

»Ja ja, ich fahre jetzt. Wir sehen uns am Montag.

Es ist das erste Jahr ohne Teresa. Ich habe gelesen, dass man da depressiv werden kann.«

Georg Sloraczny drehte schwungvoll an den Greifringen seines Rollstuhls. Weg war er. *Teresa.* Ruth spürte große Sehnsucht nach ihr. Sie ließ den Blick schweifen und blieb bei Wate hängen. Er richtete seine Schänke her. Krüge einräumen, Spülmaschine testen und einstellen. Ruth sah ihm gern bei der Arbeit zu. Früher war sie gelegentlich morgens mit Teresa auf seiner Schänke gesessen und sie hatten Nüsse genascht, die Teresa von seinem Frühstück stibitzen durfte. Das war jetzt vorbei.

Was sie wohl mit dem Alten hat? Die Beziehungen seiner Tochter gingen Georg Sloraczny durch den Kopf. Er hatte Ruth noch ein wenig aus der Ferne beobachtet. Nachdenklich machte er sich endgültig davon.

Ruths Blick ruhte noch auf Wate, als sie hinter sich eine aufgeregte Stimme hörte: »Ja, danke, Herr Pfeiffer. Super, Herr Pfeiffer. Und was soll ich jetzt machen, damit dann nachher alles klappt? Herr Pfeiffer?«

Ruth musste sich gar nicht umdrehen, um zu wissen, dass Pfeiffer schon weitergegangen war. Sie drehte sich dann doch um, um die Neue anzuschauen.

Und schon stand diese neben ihr.

»Hallo. Ich bin die Regina, Gina sagen alle zu mir. Ich bin hier neu. Ich meine, ich soll hier arbeiten, aber niemand sagt mir, nach welchen Gesichtspunkten nun vorzugehen ist. Um zwölf Uhr mittags beginnt hier das Oktoberfest und ich weiß nicht, was ich zu tun habe.« *Gesichtspunkte?*, fragte sich Ruth. »Das ist ein Bierzelt«, erklärte sie. »Du bedienst hier, das ist der Gesichtspunkt.« Ruth war irritiert. *Prinzessin Regina-Gina*, fiel ihr plötzlich ein. *Ein Film?* Sie sah Gina noch einmal an, etwas tauchte diffus in ihren Gedanken auf, aber sie hatte es gleich wieder vergessen. Ruth beschloss zu warten, bis es wieder zum Vorschein kam.

Darling, I'm fucking good at waiting. Natürlich tauchte Ian pünktlich zu Wiesn-Beginn in ihrer Erinnerung auf. Seine Stimme war ihr seit fast zwanzig Jahren gegenwärtig und beunruhigte sie heute genauso wie im Sommer 1992.

Kristina war noch nicht da. Ruth setzte sich mit einem Becher Pulverkaffee zu Lisa und Maria in die Sonne. Maria sah wirklich schwanger aus und Ruth nahm sich vor, mit ihr demnächst über den »Leberschaden« zu reden. »Goschee«, hatte ihr Maria noch kurz zugewispert, als ob Ruth mit diesem Begriff etwas anfangen könnte.

Aber jetzt erzählte Maria etwas Lustiges von gestern und die drei kicherten unbeherrscht wie Schulmädchen. Wate kam vorbei und knurrte.

Wate war der einzige Mensch hier, der sich daran erinnerte, wie jung alle einmal gewesen waren. Auch von der Kellnerin mit der krähenden Stimme hatte er ein junges, lebenslustiges Bild im

Kopf. Ruth war inzwischen auch ihr Name wieder eingefallen. Marietta. Sie konnte sich nicht erinnern, Marietta jemals jung gesehen zu haben.

»Des geht doch net«, schimpfte diese gerade entsetzt. Sie wechselte ins Hochdeutsche: »Herr Pfeiffer, ich hab' doch nie etwas falsch gemacht.« Sie zupfte ihn am Ärmel. »Ich bin doch fleißig.« Leiser: »Meine Buam derschlag'n mi.« Lauter: »Meine Buben erschlagen mich.«

»Halt den Mund und hau ab! Du bist zu alt«, fuhr der Chef sie an.

Ruth überlegte, ob Pfeiffer der brutalste Mensch war, den sie persönlich kannte. Sie hatte ihren Kaffee inzwischen ausgetrunken und warf den Becher von ihrem Sitzplatz aus in die Mülltonne. Bora, der gerade bei Wate stand, pfiff lausbubenhaft, weil sie getroffen hatte. Sie sah, dass Gina, die Neue, mit Antonia ins Gespräch gekommen war.

»Hat sie sich wieder eine eingetreten«, kommentierte Lisa im Aufstehen. Alle Neuen landeten seit Jahren bei Antonia.

»Sie ist halt nicht so abschreckend wie wir«, meinte Ruth, der Neue immer auf die Nerven gingen.

»Abschreckend«, rief Lisa Maria zu. »Sie hat gesagt, wir sind abschreckend. Abschreckend sind wir nicht.«

Jedenfalls würde Antonia die Studentin in alles einweisen. *Wie komme ich darauf, dass Gina Studentin ist?*, fragte sich Ruth.

Die beiden Frauen verschwanden im Bierzelt.

Antonia zeigte ihrem neuen Schützling dort die Essenskassa, die Essensausgabe, die Bierkassa und den Bierausschank. »Also, alles, was du den Gästen verkaufst, musst du vorher einkaufen. Pass also auf deine Sachen gut auf. Was du verlierst, ist weg. Verlierst du deine Tüte mit den hundert Bier-Chips, hast du fast achthundert Euro verloren«, teilte ihr Antonia trocken mit. Gina schnappte nach Luft.

»Keine Angst, du kommst schon auf deine Kosten«, beruhigte sie eine andere.

»Aber wenn dir etwas damit passiert, ist dein Geld weg!« Gina spuckte vor Aufregung beim Sprechen. Die Kollegin wich zurück.

»Ein Schlitten mit Hendln ist leicht hundert Euro wert«, rechnete eine andere aus der Warteschlange vor, die sich nun vor dem Ausschank gebildet hatte.

Gina fragte: »Was ist ein Schlitten?«

Ruth wurde plötzlich von zwei ziemlich kräftigen Armen von hinten gedrückt. *Kristina.* Jetzt erst hatten die zwei Wochen Oktoberfest begonnen. Sekundenlang lösten sich die beiden Frauen nicht aus der Umarmung, bewegten sich nicht, als gelte es, etwas vorsichtig zu bewahren.

»Ich bin ein bissel spät«, berichtete Kristina. »Ich war vorgestern übrigens noch im Seidengeschäft«, flüsterte sie. Beide dachten sofort an Teresa, sie hatte damals mit dem Seiden-Tick begonnen. Automatisch schauten sie zu Wate.

Wate hämmerte an der Schänke herum und ebnete mit mächtigen Schlägen ein, was die Bauarbeiter nicht geschafft hatten. »Gut sieht er aus«, stellte Kristina fest.

Die beiden Frauen gingen zu ihm hin. »Grüß' euch«, sagte Wate und nahm ihre Hände in seine Pranken.

Viel später überlegte Ruth, ob sie nicht schon am ersten Tag hätte ahnen können, dass Kristina und Wate im Laufe der zwei Wochen miteinander schlafen würden. Jetzt, wo Teresa tot war. *Nein*, entschied sie dann. *Ich ahne so etwas nicht. Ich kriege so etwas nicht mit.*

Und auch wenn sie Wochen später an die vielen kleinen Ereignisse dachte, die der Tod des Summerer im Bierzelt dann ausgelöst und ans Licht gebracht haben würde, war ihr bewusst: *Jeder Moment, jede neue Entwicklung überrascht mich. Sogar meine eigenen Reaktionen – ich sage etwas und erst während ich es sage, merke ich, was es bedeutet.*

Ruth und Kristina schlenderten zu ihren Tischen: sieben Tische im Garten, fünf Tische im Zelt. Nebeneinander, aber getrennt durch die Holzwand des Bierzelts. Sie traten durch eine Verbindungstür, die einer der Notausgänge war, ins Zelt.

»Ja, Rita, hallo, was machst denn du in unserer Kluft!?« Ruth umarmte Rita, die hinter dem Notausgang lehnte und auf sie gewartet hatte, und stellte sie dann Kristina vor: »Wir haben in Hannover zusammengearbeitet.«

»Und jetzt bist du in unserem Zelt hier? Gut! Welche Station?«

Rita fuhr sich mit der Hand durch ihre dunklen Locken: »Das ist es ja, der Pfeiffer hat mich gleich in die Promi-Box gesteckt, weißt schon, die ganzen reichen VIPs. Da arbeite ich mit vier Kolleginnen zusammen, die ich nicht kenne und ein Platz ist noch frei. Ich wäre froh gewesen, wenn du zu mir gekommen wärst. Das wollte ich dich gerade fragen. Aber ich sehe schon.«

Kristina, die gerade einen finsteren Blick aufgesetzt hatte, entspannte sich wieder.

»Promi-Box mach ich sowieso nicht«, klärte Ruth Rita auf.

»Du kannst ja nicht mal drei Kaffee auf einmal tragen«, wurde sie von Kristina eifrig bestärkt.

»Zu mir passt mein Biergarten«, bestätigte Ruth. »Die Leute wollen Bier, Hendl, Haxen und Schweinebraten. Manchmal eine Breze und die Kinder Limo. Aus, fertig. Das kann ich. Und die Kristina macht hier die Box: Geschäftsleute und Kanzleien, die feinen Leute eben.«

»Wow.« Rita war beeindruckt. »Und den Notausgang könnt ihr offen lassen?«

»Ja«, antwortete Kristina. »Verstopfte Gänge halten uns nicht auf. Das Bier holen wir im Garten, wenn's Stress gibt.«

Sie hatten sich diesen Doppelservice eines Tages ausgedacht und mehrere Jahre akribisch beobachtet, ob ein Platz frei wurde. In dem Jahr, in dem ihre beiden Vorgängerinnen an diesen Tischen keinen Arbeitsvertrag mehr erhielten, wusste Kristina dies als erste und sie schlugen sofort zu. Ruth stellte sich manchmal vor, die Geschichte Ian zu erzählen: *Du bist ja auch gut im Warten*, murmelte er dann in ihrer Fantasie und drückte sie an sich.

»Acht Jahre«, sagte Kristina ziemlich laut. »Heuer ist das achte Jahr und in zwei Jahren haben wir das runde Jubiläum.«

»Ich seh' schon, nichts zu machen«, seufzte Rita, »ich such mir jemand anderen für meine Promis.«

»Der Bierpreis heuer«, informierte Kristina Ruth, »ist acht Euro fünfundvierzig. Gar nicht so schlecht.«

Viertel nach zehn. Ein Kübel heißes Wasser, zwei nagelneue Wischtücher. Ruth und Kristina putzten die klebrigen Tische und Bänke ab. Bora kam vorbei, wischte kontrollierend mit dem Zeigefinger über eine Bank und flüchtete kichernd vor Ruths Blick. »Entschuldigen Sie, wo kriegt man hier Eimer und Tücher?«, fragte Gina, die neue Gartennachbarin, höflich.

»Tücher? Die musst du dir schon selber mitnehmen!«, schnauzte Kristina sie an. »Wo samma denn überhaupt? Tücher!«

Sie echauffierte sich weiter bei Ruth. »Wer ist denn das überhaupt? Kommt ohne Lumpen daher!«

»Sie heißt Gina und ist neben uns«, klärte Ruth sie auf. »Eine Studentin wahrscheinlich«, fuhr sie fort. An Gina gewandt: »Nimmst heute unser Zeug, wir sind eh schon fertig. Gibst es uns dann gleich wieder zurück und morgen hast selber etwas.«

»Das sehen wir nie wieder«, raunzte Kristina.

Sophie kam vorbei. »Wie geht's euch denn ohne Teresa?« fragte sie, ohne eine Antwort zu erwarten und drückte beide am Oberarm.

Gina wartete, bis sie weg war. »Ich muss euch etwas sagen«, begann sie.

Ruth bemerkte, wie sich ihre Schultern verspannten. Sie wollte jetzt ganz sicher keine privaten Geschichten einer Neuen hören und sagte schnell: »Wir müssen ins Büro.« Sie verzog sich mit Kristina.

Zelt und Garten füllten sich mit Menschen. Zu den zweihundert Kellnerinnen gesellten sich die Schankarbeiter und Schenker und Sicherheitspersonal hinzu. Der Festwirt und Herr Pfeiffer durchmaßen abermals die Halle, Hendlbrater und Köche schwitzten bereits in den Küchen. Die Bierchips-Kassiererinnen trafen ein und richteten ihre Plätze an den Seiten der Schänken her. Es wurde noch gesägt und gehämmert. Ruth und Kristina stellten eine große Styroporbox als Zwischenlager in die Ecke beim Notausgang.

»Wozu ist das denn?«, Gina brachte gerade Eimer und Lumpen zurück. »Wofür stehen die denn schon wieder an?«, fragte sie gleich weiter und zeigte auf eine Schlange von etwa sechzig Kellnerinnen bei der Küche. Ruth fuhr Gina an: »Ja, hast du dir noch kein Besteck geholt? Dann beeil dich, sonst ist keines mehr da.«

»Wie meinen Sie das denn?«

Ruth wurde ganz ungeduldig: »Wenn du dir jetzt kein Besteck holst, kannst du dein Essen ohne servieren. Es geht heute sicher aus.«

»Das Besteck kann ausgehen?«, fragte Gina entgeistert. »Was noch?«, fauchte sie unbeherrscht und spuckte dabei diesmal Ruth an.

»Tschuldigung!«

Ruth überlegte, ob sie erzählen sollte, dass einem Bier und Essen geklaut werden konnten und man die Sachen dann ein zweites Mal kaufen musste. Vielleicht sollte sie Gina auch darauf vorbereiten, dass Kolleginnen an den Tischen der Neuen Bier verkaufen würden und es Tage gab, an denen man nach vierzehn Stunden Arbeit ein Minus in der Kasse hatte: Das war das Bitterste. Man hatte sich verrechnet oder falsch herausgegeben und damit nicht nur nichts verdient, sondern draufgezahlt.

Sie könnte natürlich auch berichten, dass einem manchmal eine Kollegin in den stressigsten Stunden das Tablett wegschnappte und man dadurch mit dem Essenholen nicht nachkam.

Am Ende ihrer Überlegungen sagte sie sanft: »Alles. Alles kann dir hier passieren.«

Gina war erleichtert, das klang nun wirklich nicht so schlimm. Sie eilte leichtfüßig zur Besteckausgabe.

Elf ist es schon, Ruth sah kurz auf die Uhr. Im Garten waren nur mehr wenig Plätze frei. Freudig erregt warteten Gäste, Kellnerinnen und Schankarbeiter auf die erlösenden Böllerschüsse um zwölf Uhr. Die Security-Mitarbeiter verteilten sich in Zelt und Garten und überprüften ihre Funkgeräte.

Achttausend Menschen redeten miteinander – der Geräuschpegel im Zelt würde aber noch anschwellen, bis er das vertraute Maß erreicht hatte.

Was der Sound immer ausmacht, dachte Ruth. *Ohne den satten Sound fühlt es sich noch wie eine Kulisse an.*

Es fehlten immer noch die Musik, das Klappern von Besteck und Tellern und die vielfältigen Geräusche der Maßkrüge: Es gab das dumpfe Geräusch der Krüge, wenn sie verkehrt herum auf das Förderband der Glasspülmaschine gestürzt wurden, begleitet von einem helleren Klacken, das durch das Aneinanderstoßen des Glases entstand.

Dann ruckelten sie – *wie bei der Polonaise,* dachte Ruth jedes Jahr – auf einem Laufband durch das Wasserrauschen der Spülmaschine. Am Ende ihres Wegs schnappte ein Spüler die Krüge, drehte sie wieder um und schob sie so in Wates Reichweite. Das wiederum ergab ein eigenes Wisch-Geräusch.

Ruth sah überrascht Marietta mit trotzig vorgerecktem Kinn Besteck wickeln. Ihr Kopf wackelte und sie schimpfte vor sich hin. Herr Pfeiffer bog gerade um die Ecke: »Jetzt bist immer noch da! Hau ab. Du kriegst keinen Service mehr.«

Marietta kämpfte mit den Tränen. »Ich hab' doch schon gesagt, meine Buam derschlag'n mich«, zischte sie heiser.

Die zwei Söhne von Marietta hatte Ruth nur ein

einziges Mal gesehen. *Da waren sie noch keine zwanzig*, überlegte sie. Sie kamen in den neunziger Jahren einmal am letzten Wiesntag, um ihrer Mutter das Geld wegzunehmen. *Magere Jungs*, erinnerte sie sich. Marietta war gerade dabei gewesen, die Scheine herauszurücken, als ein Tisch mit Stammgästen aufstand.

»Sind das die, wegen denen du vorige Woche die Treppen runtergefallen bist?« Zu fünft hatten sie zugegriffen, brachten die beiden aus dem Biergarten, nahmen sie sich hinter dem Zelt vor.

»Ja, Herr Pfeiffer?«, schrillte Mariettas Stimme durch ihre Gedanken. Pfeiffer war tatsächlich noch einmal zurückgekommen und schnauzte Marietta an: »Du nimmst jetzt die drei Tische da beim Brez'n-Stand.« Zwei Gäste machten begeistert ein Foto von dem übel gelaunten Personalchef. Eine Bedienung war also schon gefeuert worden, bevor das Fest begonnen hatte. Ruth hatte nichts mitbekommen. Sie sah sich um. Das Zelt war jetzt brechend voll, im Garten schoben sich die Leute hin und her auf der Suche nach einem Sitzplatz. Mobiltelefone wurden gezückt und die Leute schrien hinein: »Was? Rechts von was?«

Lisa und Maria waren plötzlich wieder da und begutachteten ihre Tische neben denen von Ruth.

»Noch zehn Minuten bis o'zapft wird«, sagte Maria zu Ruth. Sie würden sich jetzt zur Schänke stellen. Ruth ging mit. Kristina rammte ihr den Ellbogen in die Seite und verabschiedete sich in ihre Box. Ruth zuckte ein bisschen zusammen, der leichte Schmerz würde sie den ganzen Tag an Kristina erinnern.

Brauche ich Schmerzen, um mich an jemanden zu erinnern?, fragte sie sich und dachte an Ian. Es tat schon lange nicht mehr weh, aber der Schmerz über seinen Verlust hatte ihr ein ziemliches Relief in die Erinnerung geschnitzt. Ob sie ohne den Schmerz womöglich die Schwärze seiner Augen vergessen hätte? Oder sogar das Gefühl, wenn er sein immer angespanntes Gesicht ihren Händen anvertraute. Sie schüttelte sich.

Abwesend zupfte sie an Lisas Dirndlbluse herum, der Ärmel war hochgerutscht und hatte einen Teil von Lisas Tätowierung freigelegt, Lisa hustete ein »Danke« und strich den Ärmel auf maximale Länge.

Gina erschien. Sie war blass vor Aufregung. Mit aufgefrischtem Make-up stellte sie sich zu Ruth.

»Ich weiß nicht, ich habe das Gefühl«, vertraute sie Ruth an, »dass mich hier einige ablehnen. Ich fühle mich irgendwie ausgeschlossen.«

»Glauben Sie«, fuhr sie fort, bevor sich Ruth zurückziehen konnte, »glauben Sie, es liegt daran, dass ich die Jüngste hier im Garten bin? Vielleicht sind die Kolleginnen ein bisschen neidisch auf mich, weil ich dann wegen dem Trinkgeld am meisten verdiene.«

An dieser Stelle drehte sich Lisa interessiert um.

»Habt's a Schellen für den Narren?«, fragte Maria.

»Wate«, säuselte Gina in Richtung Schänke. Niemand erwartete eine Reaktion.

»Du wolltest es ja wissen«, gab Wate trocken von sich und wandte sich seinem Zapfhahn zu. Gina verzog das Gesicht und ging weg.

Bora, der auf seiner Runde vorbeigekommen war, sah ihr nach und grinste. »Wo ist eigentlich Teresa?«, fragte er gespielt ungeduldig und zwinkerte in Richtung Wate.

Er weiß es noch nicht. Ruth stellte sich auf die Zehenspitzen, zog sich an seinen Schultern ein wenig empor und flüsterte ihm ins Ohr. »Sie kommt nicht. Teresa ist tot.«

Sie legte ihren Kopf für ein paar Sekunden an seinen Oberarm, was sie bei Bora noch nie gemacht hatte.

Ein dumpfer Knall gefolgt von mehreren Echos unterbrach alles Geschwätz. Samstag, zwölf Uhr. Das Oktoberfest begann. Die Frauen konzentrierten sich. Wate griff sich rhythmisch die Krüge, schenkte ein, stellte sie auf die Schänke, griff sich neue.

Tanja war die Erste. Zwölf Krüge in zwei Kreisen aufgestellt. Tanja ruckelte sie sich zurecht, sie klackten aneinander. Ein kurzer Moment des Sammelns, das Hochstemmen der Krüge und die Drehung von der Schänke weg. Das Bier schwappte im Krug gefährlich auf und ab, lief aber kaum aus.

»Wate kann eben super einschenken«, kommentierten die Kolleginnen wie jedes Jahr. *Wir sagen eigentlich jedes Jahr immer das Gleiche*, dachte Ruth und nahm sich vor, in den nächsten Tagen ein paar Sätze zu sagen, die sie hier noch nie geäußert hatte.

Sophie richtete zwölf Krüge klackend zurecht und eilte in ihren Service. Maria sieben, Lisa neun. Gina nahm vier mit der linken Hand und vier mit der rechten Hand. Ruth nahm zwölf. Klack und weg. In ihrem Tempo bewegte sich Ruth zu ihren Tischen, verkaufte ein Bier nach dem anderen. Sie hoffte, dass die Gäste schnell zahlen würden. Anstatt das Geld bereits hergerichtet zu haben, kramte aber – *wie immer!* – jeder erst dann nach seinem Geld, wenn er dran war. »Wie viel kostet denn heuer die Maß?« Ruth täuschte ein wenig Hektik ihrerseits vor, um ihre Gäste anzustecken. Sie sprach ein wenig schneller und atemlos.

»Acht fünfundvierzig macht's.«

»Das passt schon so.«

»Und weiter geht's. Die anderen wollen auch noch was.«

Tatsächlich halfen die hinteren Tische mit: »Tat's weiter. Mei, der kramt jetzt schon fünf Minuten nach seinem Geldbeutel!«

»Das passt schon so.« Das letzte Bier ist verkauft. Zurück zur Schänke, *zurück zu Wate*. Zurück zur Maßkrug-Polonaise.

Wate schenkte in unverändertem Tempo ein, er könnte schneller, aber dazu bestand kein Anlass. »Schon wieder da!« Ruth legte der Bierchipskassiererin zwölf Chips auf die Kassa. Diese zählte sie ab und würde sie gleichzeitig mit dem dumpfen Wegheben der Krüge scheppernd in die Holzkasse schieben. Klacken, scheppern, im Weg stehende Leute anschreien. Sie erreichte wieder ihre Tische.

»Wie viel kost' denn heuer die Maß?«

»Auf den Kollegen musst aufpassen, der prellt gern die Zeche, gell.«

Ein seit Jahrzehnten unveränderter Gästespruch. Ruth, die Schauspielerin, runzelte als Reaktion wie seit fünfundzwanzig Jahren die Stirn und schimpfte routiniert: »Was ist da los?« Alle freuten sich.

»Das passt schon, danke.«

Ruth schnappte sich ihr Tablett aus einem Spalt zwischen zwei Bänken. Sie eilte zur Küchenausgabe und stellte sich bei den Hendln an, schätzte die Wartezeit auf eine halbe Stunde. Etwa zwanzig Kolleginnen waren vor ihr. Sie zündete sich eine Lucky Strike an. Kristina hetzte herbei. »Nimmst mir elf Hendl mit?« Sie steckte ihr einen Zettel zu. In der Box ging alles viel schneller. Bestellung aufnehmen, holen, hinstellen. Das zeitraubende Bezahlen von jedem einzelnen Getränk entfiel. Der Chef zahlte am Ende alles.

»Geh, Zigarette bitte!« Ruth hielt Kristina die Packung hin.

»Bei mir sitzt ein Gschwerl, sag ich dir, heut' is ein Gschwerl bei mir unterwegs, das halt ich net aus.« Sophie schimpfte vor sich hin. Tanja kam herbei, riss wütend Ruths Tablett aus deren Hand. »Ist das meins?«, schrie sie. »Stell dir vor, mir hat wer den Schlitten gestohlen. Am ersten Tag. Wenn ich die erwische!« Ruth schmerzte der Zeigefinger, den Tanja ihr verbogen hatte.

Sie zeigte auf eine Kerbe im Tablett. »Das ist meiner.«

»Bei mir wollen fünfzig Leute essen«, schnaubte Tanja. »Hat jemand einen Schlitten übrig?«, rief sie in die Gruppe der Bedienungen. Keine Antwort.

»Musst eben auf deine Sachen schauen«, kam es unbarmherzig von Lisa.

»Trotzdem, wenn eine deine Sachen klaut, immer stehst ja nicht dabei!« Sophie freute sich, dass sie ihre Schimpftirade von eben erneuern konnte. Sie echauffierte sich weiter: »Bei dem Gschwerl, das heut unterwegs ist.«

»Achtung!« Maria hatte sich ein Tablett von der Theke auf ihre Schulter gewuchtet. Ein Berg mit achtzehn Tellern und achtzehn Hendln schob sich nun durch das Gedränge. Sie sah mit ihrem geschwollenen Bauch nicht gut aus. Außerdem drehte sie das rechte Knie nach außen.

Ruth erinnerte sich, dass Maria schon im Vorjahr von »Knochenschmerzen« und »Knieproblemen« geredet hatte.

»Vorsicht!« Mit einem heiseren Schrei kämpfte sich Sophie vorbei. Der Tellerturm auf ihrem Tablett schwankte bedenklich. Gina stand jetzt am Ende der Schlange. Sie umklammerte ihr Tablett und kam kurz zu Ruth vor.

»An deinen Tischen schreien die Leute nach Bier, Ruth. Ich weiß nicht, was ich machen soll. Soll ich sie bedienen?«

Große Aufregung erhob sich: »Das geht dich nichts an«, sagte Tanja barsch.

»Du gehst nur in deine Station«, knurrte Lisa.

»Komm niemals an unsere Tische«, warnte Ruth. Gina lachte nervös auf.

Sie versteht es nicht?, dachte Ruth. *Ist ja wohl das Einfachste auf der Welt: Jede bedient und kassiert nur an ihren Tischen. Die Provision einer Kollegin abzustauben ist tabu. Was kann man da nicht verstehen?*

»Lach nicht so deppert«, fuhr Lisa Gina noch an.

Ein Gast verfolgte das kleine Drama fasziniert und notierte sich sogar etwas auf seinem Notizblock. Er wartete gespannt, was Gina nun sagen würde, machte dann aber nur einen Strich und klappte den Block zu.

Ginas Augen füllten sich mit Tränen, sie schob die Unterlippe vor und flüchtete vom Grill in den Biergarten.

Ruth erinnerte sich an eine Situation vor über zwanzig Jahren, in der sie selbst geweint hatte. Teresa hatte sie deshalb in den Arm genommen und ihr einen Schnaps aus dem Geheimdepot spendiert. Dann hatte sie gebeten, ob Ruth am nächsten Nachmittag ausnahmsweise auch an ihren Tischen verkaufen könne. Sie müsse ja am Nachmittag immer kurz weg.

Zu meiner Prinzessin. Weißt eh, meine Cousine bringt mir immer das Baby zum Stillen.

Ruth kam nicht dazu, diese Erinnerung in die aktuellen Geschehnisse einzuordnen, obwohl sie das vage Gefühl hatte, hier sei etwas ganz dringend einzusortieren.

»Siebzehn Hühne!«, schrie der chinesische Hendlkoch und knallte sie ihr in rasender Geschwindigkeit auf das Tablett. Sie konzentrierte sich darauf, die siebzehn Hühnerteller zu zählen, rasch auf dem Tablett auszurichten, dieses dann irgendwie hoch auf die Schulter zu bekommen und es wegzutragen.

»Vorsicht!«, schrie sie und bewegte sich durch die Menschenmasse, die sich vor ihr teilte und sich hinter ihr wieder schloss.

Erste Station von Ruth war Kristinas Box, dann hinaus in den Garten, ein älterer Herr, der beim Notausgang saß, machte ihr die Tür auf. Ruth erwartete empörte Gäste, die wie wild nach Bier und Essen schrien, immerhin war sie vierzig Minuten nicht im Service gewesen, aber alles war friedlich. Jeder hatte ein Bier. Ruth sah fassungslos zu Gina, die fröhlich an ihren eigenen Tischen Bier verkaufte. Den Mund schon wieder neu geschminkt. Ruth verkaufte die Hendl, eines nach dem anderen. Die Gäste unterhielten sich begeistert, reagierten kaum auf Ruth, es dauerte, bis sie auf ihrem Block rekonstruiert hatte, wer noch etwas bekam, zähes Zahlen.

»Das Bier bringt ja Gott sei Dank die schnelle Kollegin.« In Ruth stieg Wut auf.

»Wie viel kost' denn heuer das Hendl?«

»Auf den Kollegen musst aufpassen, der prellt gern die Zeche.«

»Was ist da los?«

»Das passt schon. Danke.«

»Ham S' kein Bier dabei?«

Ruth stand schon wieder bei den Hühnern an, als ihr einfiel, dass sie vergessen hatte, Gina wegen der frischen Biere in ihrem Service zur Rede zu stellen. Dann kam ihr noch das vage Gefühl von vorhin in den Sinn. Sie ärgerte sich, dass es nicht konkreter wurde. Die Warteschlange wurde diesmal rasch kürzer und ließ keine langen Gedankengänge zu. Ruth war schon wieder dran, belud ihr Tablett neu. Und knallte es beim Hochwuchten Maria an den Kopf.

»Entschuldige, Maria!«

Sie sah beim Weggehen, dass sich Bora um sie kümmerte.

Beim Verkaufen der Hendl bemerkte Ruth im Augenwinkel Kristina, die eine Handvoll Bier verkaufte und dann zu ihr kam. Sie legte ihr wie immer die Hände von hinten auf die Hüften und raunte, dass alle versorgt seien. Gina habe versucht in ihrer Abwesenheit Bier zu verkaufen, sie habe sie aber gleich erwischt, angeschrien und bedroht. Ruth hörte mit schiefem Kopf zu und kassierte daneben weiter. Ging noch einmal Essen verkaufen, sah auf die Uhr. »Die Schweinebraten sind schon unterwegs!« Eineinhalb Stunden waren seit der Bestellung vergangen.

Kristina war nicht mehr zu sehen, an mehreren Tischen wurde Bier verlangt. Ruth hatte erst jetzt Zeit, sich ihre Gäste genauer anzuschauen. Zwei Tische nur Männer, Ruth war zufrieden. Hier würde noch viel konsumiert werden, man war bereits bei der dritten Maß. Der Gast mit dem Notizblock saß vergnügt unter den Gästen.

Zwei Tische mit Familien. Sie würden nicht mehr

viele Getränke konsumieren. In einer Stunde würden sie weg sein. Ein Tisch mit Jugendlichen, die fleißig telefonierten. Sehr beschäftigt. Ruth fürchtete, dass sie bis zum Schluss bleiben und ziemlich besoffen sein würden.

»Acht fünfundvierzig macht's.«
»Danke.«
»Danke.«
»Danke.« Ruth mochte Gäste, die das Geld schon parat in der Hand hatten. »Acht fünfundvierzig, bitte.«
»Warten S', ich hab's passend.«
Nein! Der weißbärtige Mann fischte in seiner Hosentasche nach Kleingeld. Seine Lederhose war recht eng, er musste aufstehen und leicht vornüber geneigt stehen, so erwischte er mehr Münzen, sah sich genau an, was er gefunden hatte, legte es auf ein Häufchen vor sich auf den Tisch. Zählte es zweimal, schüttelte den Kopf. Bildete eine behelfsmäßige Pinzette, indem er seine Mittelfingerspitze auf den Zeigefingernagel presste, und fischte einen Schein hervor.

Ruth schaute kurz auf die Uhr.
»Passt!« Sie zählte gar nicht nach, schmiss das Geld in die Geldtasche und hetzte zur Schänke, trat in kurzen Blickkontakt mit Wate und eilte wieder zu ihren Tischen. Hier wollte inzwischen keiner mehr ein Bier.

»Ist der Schweinebraten jetzt endlich dabei?« Ruth stand wütend mit den beiden Krügen in ihrem Service. Ihr fiel ein, wer sie bestellt hatte, der

Mann im roten Pullover war recht auffällig bei der Hitze. Sie sah den roten Pullover seinem Gesprächspartner fröhlich zuprosten, ging hin und fragte ihn, wer ihm das Bier verkauft habe. Der Gast reagierte verstört, dass ihn die Bedienung ansprach, obwohl er sie nicht gerufen hatte, zeigte dann auf Gina. »Das Mädel.«
Ruth kochte.
Ruth wartete. Wut staute sich an. Es war nichts Persönliches. *Der Gast kapiert natürlich nicht, worum es geht*, dachte Ruth. *Wir sagen es ihnen seit zwanzig Jahren, dass sie nur bei »ihrer« Bedienung bestellen dürfen, weil sonst die eine Bedienung die andere um ihre Umsatzbeteiligung betrügt. Gina hat es auch noch nicht kapiert.*
Manche Bedienungen machten es aus Geldgier, verkauften Bier in der Station unerfahrener Kolleginnen. Gina hatte es nur einfach nicht verstanden.
Ruth verkaufte Marietta ihre übrig gebliebenen Bierkrüge, schnappte sich ihr Tablett und marschierte Richtung Küche. Das Zelt war brechend voll. Sie bahnte sich einen Weg durch die atmende, schwitzende Masse, kam aber nur langsam vorwärts. Bieratem blies ihr ins Gesicht, vor dem Pissoir hatte sich eine Riesentraube von Männern gebildet. Ruth hielt die Luft an, scharfer Uringeruch wehte ihr in die Nase. Endlich vorbei. An der Küchenkasse war natürlich eine lange Schlange. Ruth überlegte, wie ihre Kolleginnen wohl in anderer Kleidung als dem Dirndl aussähen. *Ich sage nicht nur jedes Jahr das gleiche, ich denke hier auch im-*

mer die gleichen Dinge, unterbrach sie sich selbst in ihrem Gedankengang.

Beladen mit vier Schweinebraten, die in Soße schwammen, und vier Salaten klinkte sie sich ins Getümmel ein. Zwei kräftige Männer standen in dem Gang zwischen den Tischreihen, den sie durchqueren musste und prosteten sich zu, sie hatten sich einen Arm um die Schultern gelegt, sodass sie sich gegenseitig stützen und umarmen konnten. Mit dem anderen wurden die Maßkrüge geschwenkt, gehoben und abgestellt – aber nicht ausgelassen. Ruth schrie sie von hinten an, sie brauche Platz. Die Bierzeltmusik und der Geräuschpegel waren zu hoch, sie hörten nichts. Einer taumelte nach hinten, stieß kräftig gegen das Tablett, Ruth fing den Stoß mit dem Hals auf, es tat weh. Achtundvierzig Euro gerettet, natürlich Bratensoße auf der Bluse.

»Passt schon, geh«, sagte der Mann zu ihr und ließ sie vorbei. Alfons – so hieß der Gast mit dem Notizblock, der ihr die ganze Zeit auf den Fersen gewesen war – folgte ihr kopfschüttelnd.

Endlich im Garten eilte Ruth zu dem Schweinebratentisch.

»Ja, das ist aber Zeit worden.« Missmutige Gesichter. »Jetzt bringst uns noch ein Bier.«

Ruth stellte sich kurz vor, wie es wäre, wenn ihre heutigen Gäste wie andere Menschen an anderen Orten »bitte« und »danke« sagen würden, verschaffte sich gleichzeitig einen Überblick über die Lage und eilte zur Schänke.

»Erster Tag, was?«

Kristina kam kurz heraus, umarmte sie von hinten, wollte schon wieder weg. Ruth sah Gina gerade aus der Küche kommen und sagte etwas zu Kristina. Sie gingen zusammen zur Schänke – die Maßkrug-Polonaise war in der Endlosschleife –, holten zusammen vierundzwanzig Krüge Bier und verkauften alle vor Ginas entsetzten Augen in deren Service. Kristina legte Gina ihre schwere Hand auf die Schulter: »Wenn du uns noch einmal betrügst, du Geldgeier, verkaufst du überhaupt kein Bier mehr.« Dann verschwand sie ins Zelt.

Ruth legte wieder zwölf Chips auf die Kasse – scheppern und schieben –, Wate nahm die Krüge, füllte sie, schob sie auf die Theke, Ruth ordnete sie. Wischen, schieben, klacken, ein Blick von Wate, und weg.

Hinstellen, kassieren.

»Passt schon.«

»Danke.«

»Ich hab's passend.«

»Das freut mich aber.«

»Die leeren Teller darfst schon mitnehmen.«

Krüge zurück, auf die Spülmaschine gewuchtet. Scheppern, schieben, wischen, klacken und weg. Kassieren. Zurück zur Schänke.

Tanja, an deren Tischen Ruth auf ihrem Weg immer vorbei musste, ging mit den Gästen wie immer recht harsch um, diese machten im Gegenzug Scherze über Tanjas Gang.

»Der alte Trampel macht's eh nicht mehr lang«, hörte Ruth jemanden sagen.

»Mein Gott, heute ist die wieder so böse und so langsam. Na, jetzt darfst uns noch eine bringen«, sagte eine Dame zu Tanja. Ruth sah im Vorbeigehen Tanjas berüchtigten Blick und stellte sich dann neben die Schänke, um zu beobachten, wie Tanja ins Bier spuckte. Sie hatte eine Technik entwickelt, bei der sie Schleim aufzog, wenn der Schenker die Krüge in die Hand nahm. Während Wate die Krüge füllte, sammelte Tanja den Speichel im Mund und in dem Moment, in dem sie nach dem Nehmen der Krüge von Wate bereits ab, aber den Gästen noch nicht zugewandt war, spuckte sie kräftig in die beiden Gläser, die sie dann vergnügt den beiden unverschämten Gästen brachte.

»Siehst, man muss nur was sagen, und schon wird die Bedienung wieder freundlich.« Die Dame lächelte selbstzufrieden.

»Du bist heuer aber streng«, sagte Ruth zu Tanja. »Gleich am ersten Tag. Wegen so einer Kleinigkeit.«

»Kennst die beiden nicht? Das ist der Ramer mit seiner Frau. Denen spuck' ich immer ins Bier, wenn sie da sind.«

»Was für ein Ramer?«

»Der war ein ganz hohes Tier. Schau mal, seine Uhr. Seit er in Rente ist, sind sie noch affiger.«

»Ein Politiker oder was?«, fragte Ruth zerstreut.

»Geh bitte, nein, Versicherung. Weißt eh, den

seine Sekretärin mal angezeigt hat wegen Vergewaltigung!«

»Die Schwedin?« Ruth erinnerte sich vage an Zeitungsüberschriften. »Wie ist das denn damals ausgegangen?«

»Eh wie immer. Am Anfang große Aufregung, dann hat sich herausgestellt, dass sie alles erfunden hat.«

Ruth legte einen schnelleren Gang ein. Eineinhalb Stunden später registrierte sie ärgerlich, dass sie zu wenig Routine hatte. Immer wieder passierten kleine Fehler, brachte sie etwas Falsches, kassierte zu viel oder zu wenig. Die Gedanken schweiften immer zu Teresa ab. Am ersten Tag geht das nicht, ermahnte sie sich und freute sich auf die zweite Woche, in der sie immer ihre schönsten Tagträume hatte.

Kurzer Blick auf die Uhr. »Gemma was trinken?« Kristina stellte das Tablett in die Ecke, nahm Ruth die restlichen fünf Biere ab und verkaufte sie. Dann nahmen sie sich einen Piccolo aus der Styroporbox, gingen zu ihrem Geheimplatz hinter einem Schrank und zündeten sich Zigaretten an. Sie strahlten sich nicht an, sie starrten vor sich hin. Spürten den Schmerzen nach. Versuchten, ihre Persönlichkeiten aus den Bedienungs-Rollen zu schälen. Ließen es dann doch. Es war noch nicht ganz zu Ende.

Sie warfen die Zigaretten auf den Boden. Tauschten leere Blicke. Kristina würde Ruth gern aufmuntern, angreifen oder anlachen. Hatte vergessen, wie sie das normalerweise machte. Ruth ging wieder in den Service, verkaufte den letzten Schwung Bier. Zurückgekommen trank sie den Piccolo aus, gab sich noch einmal einen Ruck, grinste Wate schief an und marschierte wieder zu ihren Tischen.

Das Geschäft hatte mit einem Schlag aufgehört. Die Gäste waren sehr mit sich selbst beschäftigt. Nahmen sie nicht wahr. Das war ihr recht. Sie holte bei einem Stand außerhalb des Biergartens zwei Fischsemmeln und wartete bei Wate, bis Kristina vom Kassieren kam. Jetzt hier draußen an Wates Schänke, lehnten sie wie zwei ganz normale Freundinnen. Lachten sich erleichtert an. Das war's für heute.

Gina betrachtete die beiden aus einiger Entfernung. So hatte sie sich ihren ersten Tag nicht vorgestellt. In den Wochen vor Beginn des Oktoberfestes hatte sie sich ausgemalt, wie sie diese Kristina und diese Ruth, von denen ihre Mutter viel erzählt hatte, kennenlernen würde. Wie die beiden sie umarmen und in alles mütterlich einweisen würden, wie sie Respekt vor ihr haben würden: Sie, die kluge, hübsche Tochter, die mit diesen wichtigtuerischen Frauen im Bierzelt bediente, um ihrer Mutter eine letzte Ehre zu erweisen.

Sie hatte in ihren Tagträumen genossen, wie Wate sie allen vorstellen würde, wie sich alle um sie scharten. Ja, und auch, wie sie den ehemaligen Kolleginnen ihrer Mutter beistehen könnte. Sie hatte zum Beispiel die Fünf-Punkte-Liste parat, die sie im Sommersemester an der Uni erarbeitet hatten. Die wichtigsten Verhaltensvorschläge bei Diskriminierung und sexueller Belästigung am Arbeitsplatz. Und dann hatte der erste Tag auch so vielversprechend begonnen.

Nichts davon war aufgegangen. Die Frauen fanden sie lächerlich und hatten sie – ausgerechnet sie – als gierigen Geldgeier beschimpft. Gina wusste, dass sie nie mehr ein Wort mit den beiden sprechen könnte.

»Du gehst jetzt heim«, befahl Kristina Ruth. »Warst ja schon in aller Früh da. Und morgen hast wieder Frühdienst.«

Sonntag

Am Sonntagmorgen um halb acht verließ Ruth die U-Bahn-Station, blinzelte in die Herbstsonne, fröstelte, biss von ihrem hart gekochten Frühstücksei ab, das sie mitgenommen hatte, nahm Tempo auf und eilte Richtung Arbeitsplatz.

Auf der Höhe des Hofbräu-Zelts überquerte sie die Straße und spazierte den Wiesenabhang bergab. Links und rechts von ihrem Weg lagerten junge Leute unter Bäumen und im Gebüsch. Die meisten schliefen noch, andere räkelten sich glücklich in ihren Schlafsäcken.

»Auf die Wiese, da bieseln doch am Abend immer die Besoffenen hin«, schimpfte eine Bedienung im blauen Dirndl, die Ruth überholte. »Die reinste Bieselwiesen.«

Einige Schlafsäcke lagen in Erbrochenem. Ein paar der Camper waren schon aufgewacht, standen in kleinen Grüppchen zusammen und sahen sich unternehmungslustig um.

Ruth musste plötzlich niesen, atmete danach automatisch kräftig ein und verfluchte sich sofort dafür. Dieser säuerliche Geruch nach Urin und Erbrochenem und altem Bier würde nun länger nicht mehr aus ihren Mundschleimhäuten weichen. *Der Geruch ist noch nicht stark, heute ist ja erst der zweite Tag*, dachte sie. *Kann ich Geruch schmecken?*, überlegte sie dann. *Jetzt schmeck ich den Geruch schon direkt.*

»Gesundheit, Ruthi!«
Diese Stimme wollte sie nicht hören. Wolfgang Summerer berührte sie zur Begrüßung am Oberarm.
Sie wich langsam aus, er drückte vorsichtig nach.
»Wolf, was machst denn du da? Geh weg! Du bist an allem schuld!«
Sie hatte sich schon öfter vorgestellt, wie sie ihn anschreien und verfluchen würde, wenn sie ihn träfe. Aber ihre vorbereitete Anklage hörte sich nicht ehrlich empört an, sondern gekünstelt und gemein.
»Sie fehlt mir so«, sagte Wolf.
Ruth schnappte nach Luft. *Verdammtes Frühstücksei.* Sie nahm ihre große Tasche in beide Hände und drückte sich damit von ihm weg. Das erinnerte ihn ein wenig an Teresa. Er war im Begriff, sie zu umarmen und festzuhalten, überlegte es sich anders und machte sich eilig davon.
Ich besuche sie am Nachmittag, nahm er sich vor. *Wir müssen endlich mal in Ruhe miteinander reden.*
Ruth kam in ihrem Biergarten an. Ein Teil der Kolleginnen war schon da. Gewohnheitsmäßig schrien Lisa und Antonia einander zu, wer was erledigen würde. Kristina war noch nicht hier, sie würde erst gegen halb elf kommen, so wie Maria und Tanja. Wie Ruth und Kristina wechseln sich alle Teams mit dem Vormittagsdienst ab, eine richtet die Tische her, die andere kommt erst, wenn das Mittagsgeschäft beginnt. Wer keine Partnerin

hatte, konnte sich nicht abwechseln. Gina saß an einem ihrer Tische.

Ruth knallte die große Tasche auf ihren Platz, fand Kübel und Wischtücher dort, wo sie Kristina am Abend versteckt hatte, und holte sich heißes Wasser aus der Küche. Damit man heißes Wasser bekam, musste man sich mit dem Küchenpersonal »gut stellen«. Sonst wurde man aus der Küche geworfen.

»Ich bitte Sie, das ist doch selbstverständlich!«, empört sich eine Neue in der Küche, als Ruth ihren Obolus entrichten wollte. Sie überlegte im Hinausgehen, ob sie diesen Satz im Bierzelt überhaupt schon mal gehört hatte.

Sophie hielt ihr die Tür auf: »Ich bitte Sie, das ist doch selbstverständlich!«, imitierte sie die Neue flötend und strahlte über das ganze Gesicht. Sie hatte auch schon heißes Wasser in ihrem Eimer, das beim Türöffnen ein bisschen herausgeschwappt war.

Rhythmisch wischte Ruth die Tische und Bänke ab und richtete sie parallel aus.

»Stehst halt noch einmal auf«, schimpfte sie mit Alfons, der auf einer schief stehenden Bank saß.

»Was sitzt denn schon wieder da? Es ist acht Uhr. Bier gibt's noch keins.«

»Guten Tag.« Der junge Mann stand höflich auf, »Wissen Sie, ich bin hier zur Beobachtung.«

»Das ist aber nett«, schnauzte Ruth, »die Webcam is aber im Zelt drinnen, bei der Musik.«

»Nein, nein«, sagte er. »Das missverstehen Sie

jetzt vollkommen. Ich war übrigens gestern auch schon da. Ich bin mit meinem Freund dann auch dort drüben gesessen. Bei der blonden Bedienung. Heute habe ich sie noch gar nicht gesehen – wie oft haben Sie denn eigentlich frei hier?«

Ruth ignorierte ihn.

Alfons lächelte freundlich. »Ich habe ihr gestern zugeschaut. Sie isst dreimal am Tag Bodybuilder-Nahrung«, lachte er. »Hilft das so kurzfristig für die Kraft? Ich glaube nicht. Das sollte ihr jemand sagen.«

»Viel Spaß dabei«, meinte Ruth trocken.

»E – mi – na.«

Ruth hielt inne, richtete sich auf und hielt Ausschau nach Hjarne, dessen Stimme sie liebte. Er saß mit Bora und ein paar anderen Männern an einem Tisch und sie sangen leise ein Lied in einer fremden Sprache. »Za-mirisa ko-sa ko zum-buli pla-vi.« Wie immer wenn Hjarne sang, wurde Ruth unruhig. Sie hatte jetzt sogar Tränen in den Augen. Bora sah sie kommen: »Ihre Zöpfe duften wie Blumen«, übersetzte er für sie. Er machte ausnahmsweise keinen Spaß, nahm das Lied wieder auf und sah ganz erwachsen aus. Sie ging zu dem Tisch und setzte sich ganz dicht neben Hjarne. Er sang noch ein bisschen weiter, sie drückte sich an ihn, wurde ruhiger, seufzte und stand wieder auf.

Alfons notierte etwas auf seinem Block und sah dann wieder auf, um der Kellnerin noch eine Frage zu stellen.

Ruth war aber schon weg. Alfons sah erstaunt, dass sich nun sein Freund Rulfo zu Hjarne setzte und sich zwar nicht an ihn drückte, aber ebenfalls neben ihm saß, als ob er dorthin gehörte und ein alter Freund sei.

Ein Blick auf die Armbanduhr und Hjarne erhob sich abrupt. Er verschwand durch einen der Nebeneingänge ins Zelt, Alfons folgte ihm und notierte »neue Rolle« auf seinem inneren Notizzettel: Der Mann, der eben noch die Kellnerin und den Spaßvogel des Biergartens sowie seinen Freund Rulfo berührt hatte, änderte Gesichtsausdruck und Gang, gesellte sich zur Humpa-Humpa-Band, schnappte sich seinen dort abgestellten Bass und klinkte sich mit einem Bierzeltkapellengesicht ins Einstiegsmedley nach der Pause ein.

Ruth verschwand ebenfalls im Zelt. Sie setzte sich zu Kristinas Kolleginnen, die gleichzeitig rauchten, Kaffee tranken, Besteck in weiße Papierservietten wickelten und sich gerade über die gestrigen Gäste unterhielten.

»Mei, hast den mit dem karierten Hemd dann nachher g'sehn«, begann die eine.

»Wie ihm der falsche Zahn im Würstl steckenblieben ist«, keuchte eine andere.

Ruth wurde mit einer ausführlichen Beschreibung des Vorfalls beglückt und lachte mit. *Schön, wenn andere Leute mit dir lachen wollen.*

»He, Ruth, komm raus, du hast schon Gäste.« Sophie lehnte sich an den Pfosten beim Eingang und rief noch einmal: »Komm schon!«

Draußen war es wirklich schon belebt. Alfons hatte seine Notizen vor sich ausgebreitet. Zwei Frauen mit Kinderwägen besetzten zwei Tische. Ruth brachte dem jungen Mann ein Bier, teilte den Frauen mit, dass man hier keine Plätze reservieren konnte, und begrüßte einen Stammgast, der auch einen ganzen Tisch besetzte, herzlich.

Eine schrille Stimme erklang. »Hören Sie mal, warum kann der einen Tisch belegen, etwa weil er ein Mann ist?«

»Nein, weil er genug konsumiert.«

»Also, das ist ja doch die Höhe. Gemma wieder!«

Der Biergarten füllte sich rasch. Herrliches Wetter, fast alle tranken Bier. Ruth sah aus dem Augenwinkel Kristina. Gut, dass sie schon früher gekommen war.

Gina und Antonia rauchten und redeten miteinander. Ruth hörte Gina sagen, sie frage einfach den Chef. Pfeiffer kam zufällig gerade um die Ecke, hörte ihr aber nicht im Ansatz zu.

»Lass mich in Ruhe, Rindviech!«

In der Box war jetzt nichts los, das erlaubte Ruth eine Zigarette zwischendurch. Keiner wollte etwas von ihr. Dafür kam Gina. Starrte sie aus der Entfernung an. Sie bekam kein Wort heraus und heulte schon wieder fast. Ruth winkte ihr fröhlich zu.

Ruth sah Gina noch mal an, nahm irgendetwas wahr, schloss die Augen und schaute sie wieder an und wusste dann plötzlich, wer Prinzessin Regina-Gina, Gina war. Und blickte zu Wate, der die

Augen verdrehte und sich wunderte, dass sie erst jetzt draufgekommen war. Sie warf die halbe Zigarette weg und stampfte zur Schänke. Zahlte ihr Bier, marschierte zu den Tischen. Verkaufte aufgebracht.

»Mei, heut ist die Bedienung aber grantig.«

»Passen S' auf, der will net zahlen.«

Alfons, der Beobachter, war noch immer da. Er deutete im Garten herum und schien einem anderen Anweisungen zu geben. *Anweisungen, wozu?*, fragte sich Ruth. Und sah auf dem Tisch einen Zettel liegen mit Tabellen und Symbolen. Mit verschiedenen Farben führte der Kerl eine Strichliste. Sie nahm sich vor, ihn ebenfalls zu beobachten. Später.

Gina war jetzt verschwunden. Ruth wurde kurz von schlechtem Gewissen geplagt, überlegte, was Teresa dazu sagen würde.

Unbemerkt von den lauten Gästen, die Bier bestellten, über schlecht eingeschenkte Krüge murrten, besoffen waren oder sich einfach über den schönen Vormittag freuten, verband sie sich mit der toten Freundin und fragte sie – *ich frage mich natürlich selbst,* griff Ruth in ihre eigene Fantasie ein – warum ihre Tochter hier war, warum sie sich so dämlich anstellte und warum sie ihr nicht nahe war.

Sie fragte Teresa auch, wie sie sich Wolf gegenüber verhalten sollte, falls er ihr noch einmal über den Weg liefe. Sie schämte sich für ihr wirkungsloses Verhalten am Morgen. Das wäre *die* Gelegenheit gewesen. *Das Schwein.*

Tanja ließ gerade Dampf ab, schimpfte aber in einer unverständlichen Sprache, und niemand verstand, für oder gegen wen oder was das Gewitter gerichtet war. »*Chodido*«, hörte Ruth heraus und hielt die Luft an in der verrückten Hoffnung, damit die Zeit anzuhalten. *Chodido* hatte Ian immer gesagt, wenn er zornig war, und … Ruth atmete aus und dann flach weiter. *Ein-aus-ein-aus*. Mit diesen Atemzügen verlor sich Ians Präsenz. *Ja, nur weg mit dir*, dachte sie.

Sie schaute auf die Uhr. Die Gespenster fraßen heute aber die Zeit. Ruth holte und verkaufte routiniert Bier, scherzte sogar mit den Gästen und unterhielt sich ein paar Minuten mit einem älteren Herrn über das heutige Wetter und das der vergangenen vierzig Oktoberfeste. »Jetzt bin ich schon vierzig Jahr' auf der Wiesn, aber so ein Wetter.«

Antonia fand Gina vollkommen verheult bei der Toilettenfrau auf eine leere Tasse Kaffee stieren.

»Rindviech«, schluchzte sie fassungslos vor sich hin. »Der hat zu meiner Mama sicher auch Rindviech gesagt. So ein Arschloch. Und die zwei blöden Weiber neben mir glauben, dass ich ein Geldgeier bin, haben sie gesagt. Und das sind die Freundinnen von der Mama.«

Antonia umarmte sie kurz und klopfte ihr auf den Rücken: »Gell, den einzig guten Kaffee gibt's hier bei der Klofrau. Du stehst jetzt aber auf und verkaufst einfach normal weiter.«

Der Nachmittag war heiß. Ruth hatte Kopfweh und versuchte, kein Essen aus der großen Küche im

Zelt holen zu müssen, damit sie nicht bei der Musik vorbei musste. Natürlich wurden sofort vier Salatplatten bestellt. Ruth schnappte sich das Tablett und marschierte los, Wates Rhythmus begleitete sie. Er wird vom Rhythmus an der Hauptschänke im Zelt abgelöst, an der sie vorbeimarschierte: *Die Zwillinge,* dachte sie. Karl und Kurt arbeiteten seit vielen Jahren an der Hauptschänke zusammen. Sie waren nicht miteinander verwandt und sahen sehr unterschiedlich aus, aber ihre Bewegungen wirkten ganz aufeinander abgestimmt. *Wie im Ballett,* kam es Ruth zum hundertsten Mal in den Sinn. Wenn Karl den Arm senkte, hob Kurt den seinen, drehte sich Karl von der Schänke weg, drehte sich Kurt zu ihr. Erstaunt sah Ruth, dass Karl einen Schluck Bier nahm, während Kurt einen Krug ausleerte.

Da drang der Sänger mit überschlagender Stimme in ihre Wahrnehmung, die Blasmusikkapelle war bei »New York, New York« angekommen, der Schlagzeuger irritierte seine Kollegen mit den Drums und der Sänger bemühte sich, den Text im Dreivierteltakt seines Kollegen unterzubringen. Die Menschen im Zelt sangen laut und begeistert mit. Bora begegnete ihr, er äffte sofort begeistert die euphorischen Mitsänger nach. Sie mussten beide lachen. *You look like the cat who stole the cream,* murmelte Ian und gestattete sich einen Moment der Sehnsucht nach Ruths Leben.

Das Zelt hatte sich gut gefüllt. Ruth musste an der Küchenkassa lange anstehen, dann an der Küchenausgabe.

»Ah, da bist du ja«, sagte Kristina erleichtert und steckte ihr im Vorbeigehen einen Zettel zu.

»Ich bin jetzt in der Box beschäftigt, kannst mir dann helfen, geh, nimm mir doch gleich die sechs Gänse mit. Ich husch mal kurz aufs Klo.«

Huschen?, dachte Ruth, verfolgte Kristinas machtvollen Gang und lachte auf.

»He, was ist mit dir?«, schnauzte der Küchenchef. »Schreib die Nummer auf den Bon!«

Ruth hievte sechs Teller mit schweren Gänsebraten und vier Salate auf die rechte Schulter und versuchte hinaus zu *huschen*. Ein Gast riss sie am Arm, ein Salatteller fiel vom Tablett und kleckerte eine Lederhose voll. »Resi, i hol di mit mei'm Traktor ab« spielte die Kapelle, alle sangen laut mit und schunkelten. Dann wurde die Bahn frei, Ruth legte los und erreichte die Box, bevor ihr das Tablett entglitt. Sie teilte die Gänse aus. »Sind S' halt ein bisserl lustiger«, forderte die Dame auf.

Ruth erreichte den Garten. »Was? Wir haben aber *vier* Salatplatten bestellt!«

»Ja ja, ich weiß, der Rest kommt gleich.«

»Ja mei, die ist schon mit vier Salaten überfordert. Mädel, und Bier hast auch keins dabei. Der arme Trampel.« Ruth hatte gar nicht zugehört, sie dachte die ganze Zeit daran, dass sie Kristina und vielleicht den anderen sagen sollte, was sie jetzt über Gina wusste. Den »Trampel« hörte sie wieder. Der Gast war sofort für sie gestorben. Sie kassierte noch. Mittlerweile drängten sich Menschenmassen durch den Biergarten auf der Suche nach einem Platz. Sie suchte sich einen korpulenten Fünfzigjährigen aus.

»Wie viel Leut seid's denn?«

»Im Moment fünf, wir werden aber noch mehr.«

»Sehr gut. Setzt euch da dazu.« Sie drängte die fünf zum Tisch mit den Soldaten.

»Das ist ja die Höhe!« Empört rückten die Salatesser von den neuen Tischnachbarn ab und verspielten damit die Chance, sich im Revier zu behaupten. In zehn Minuten würden sie weg sein.

Das Geschäft lief gut. Ruth hatte keine Zeit, Gina zu sagen, dass sie wusste, dass sie Teresas Tochter war. Und sie konnte auch ihren Kolleginnen nicht von der Entdeckung berichten, weil man dazu doch Zeit brauchte. So eine Entdeckung wollte langsam erzählt sein, ausführlich, damit auch alle mitbekamen, was los war. Sie freute sich darauf, die Geschichte zu erzählen. Beim Bierholen wechselte sie immer kurze Blicke mit Wate, der gelassen wie nie dreinschaute. Er hatte sie natürlich gleich erkannt. *Er kennt sie ja seit vielen Jahren*, dachte Ruth. *Vielleicht möchte Wate nicht, dass es alle wissen*, überlegte sie. Ruth betrachtete ihn jedes Mal, wenn sie wieder zur Schänke kam. Fühlte seinen Rhythmus, wie er schenkte und nahm und hinstellte. Sie betrachtete ihn, nahm ihre Maßen weg, blieb in Gedanken versunken, und krachte mit einem Trupp Leute zusammen. Sie entschuldigte sich, merkte, dass es die Sanitäter waren, die sie entrüstet anschauten. Sie hatte die Krüge einem jungen Helfer in den Ellbogen gerammt und hörte fast den Vorwurf, sie verdiene ihr Geld an einem Massenbesäufnis, Tote und Verletzte inklusive.

Sie suchte erneut Wates Blick, und traf auf andere Augen. Unangenehm. Wate machte ab und zu Kaffeepause, dann arbeitete eben jemand anders an der Gartenschänke. Kurt. Kurt ohne Karl. Kurt, der es nicht gewohnt war, Blicke aufzufangen. Kurt, der nur anschaute.

Die Sanitäter drängten im Eilschritt weiter, sie hatten ihren Wagen mit dabei, eine fahrbare Bahre mit gelben Plastikdeckel, der Wagen erinnerte an einen gelben Sarg. Mit einem Funkgerät versuchten sie ihren Einsatzort zu finden.

Jetzt kommen sie schon mit der Bahre, wunderte sich Ruth, schaute auf die Uhr, halb fünf erst und noch dazu ein Sonntag. Das war ungewöhnlich.

»Was soll das für eine Wiesn werden, wenn's am Sonntagnachmittag schon Bierleichen gibt«, schimpfte Sophie. »So ein Gschwerl.«

Wo war eigentlich Kristina? Ruth warf einen kurzen Blick in die Box und sah diese nur schwach besetzt: Ein Paar an Kristinas Tischen aß gerade Radi und Breze, die würden sicher noch mehr wollen.

Ruth bewegte sich mit dem Strom der Menschen von der Box weg Richtung Küche und hielt nach Kristina Ausschau, sah sie heftig gestikulierend aus der Ferne in einer Ecke beim Hinterausgang mit einem Polizisten sprechen, steuerte auf sie zu und knallte mit der rechten Hüfte gegen etwas. Es war die Sanitäter-Bahre von vorhin, bereits mit einem

Menschen belegt, der kräftig geschüttelt wurde. Der Sanitäter fluchte, hielt den Infusionsbeutel hoch und warf Ruth seinen verachtungsvollsten Blick zu. Ruth brauchte ein paar Sekunden, bis sie sich von dem Schock erholt hatte, versuchte weiter zu Kristina zu gelangen, wurde von der Polizei abgeblockt und kehrte zur Schänke zurück, um abwechselnd drinnen und draußen zu verkaufen.

Polizist. Was will sie mit einem Polizisten? Ruth verkaufte noch einen Schwung Bier, eilte wieder ins Zelt, spähte in die Ecke. Ein Polizist stand groß und breit vor Kristina. Ruth versuchte, Kristinas Blick aufzufangen, es gelang ihr nicht. Sie drängte sich durch die Menschenmassen näher, und bemerkte, dass Kristina eine trotzige Miene aufgesetzt hatte. Ruth war sich sicher, dass es um den Ostaberger ging.

Der Exmann von Kristina, von dem sie immer nur als »dem Ostaberger« sprach, betrieb einen illegalen mobilen Spielclub im Umland von München. Manchmal gab er ihre Personalien für eine seiner Mitarbeiterinnen an oder ihre Adresse. Kristina kam nie in richtige Schwierigkeiten, weil sich die Sache meistens rasch aufklärte, aber der Mann machte sie krank. »Der Parasit vergiftet mir das Leben noch immer«, hatte sie vor zwei Jahren Ruth zugeflüstert. »Irgendwann bring ich ihn um«, knurrte sie manchmal.

Der Ostaberger war ein Mann, der seine Exfrau mochte. Er brachte sie nur in Schwierigkeiten, wenn ihm seine Fantasie ausging und er sich nicht anders zu helfen wusste. Nach so einem Malheur besuchte er sie meistens mit einem riesengroßen Blumenstrauß, trug sie eine Nacht lang auf Händen und inhalierte ihre Schreie. Manchmal konnte er sich nicht trennen, blieb bis zum Frühstück, wartete nervös, bis sie begann, sein Schmarotzerdasein zu kritisieren und dass er soundso viele Familien unglücklich mache. Er verschloss ihren Mund mit einem Kuss, schlief noch mal mit ihr und verschwand schnell in sein Leben.

Ruth traute dem Ostaberger zu, dass er nicht daran dachte, dass jetzt Wiesnzeit war und Kristina keine Zeit hatte, Dinge zu regeln. *Sie hat auch keine Zeit, mit ihm zu schlafen*, dachte Ruth trocken. Sie erwog, dass der Ostaberger die ganzen Geschichten womöglich überhaupt nur inszenierte, um Kristina nahe zu sein. Ruth war längst wieder in den zwei Stationen. In ihrer rechten Hüfte, mit der sie gegen die Bahre gekracht war, brummte der Schmerz.

»Auf den Kollegen musst aufpassen, der prellt gern die Zeche.«

»Was ist da los?«

»Das passt schon.«

»Danke.«

Ruth fluchte. Sie stellte sich vor, wie sie mit Kristina schimpfte. *Wo warst du, verdammt? Ich bin ziemlich geschwommen.* Aber sie konnte nicht mit Kristina schimpfen, weil sie noch nicht gekommen war. Wates Rhythmus hielt sie im Tempo. Sie nahm zwölf Krüge, ging zu den Tischen, knallte sie auf den ersten, verkaufte an die Vorbeigehenden und die Sitzenden. Hörte dabei in weiter Ferne Wates Krüge über die Theke wischen, hörte, wie er die gefüllten Krüge hinstellte und sie klackerten, wenn sie jemand wegnahm. In Kristinas Box wollten jetzt fünfzig Leute essen. Ruth schrieb einen großen Zettel mit den Firmen und ihren Zahlungsmodalitäten und pinnte ihn an Kristinas Lieblingsplatz, begann dann alle Essen aufzuschreiben, mit schöner Schrift, hoffend, dass Kristina sofort kam und ihr das abnahm. Kristina kam nicht und war auch in der Ecke nicht mehr zu sehen.

Ruth schwamm nun richtig. Verkaufte Bier im Garten. Hier wollten plötzlich auch verschiedene Leute essen. Einige wollten mit ihr reden. *Chodido. Wieso kommt mir immer dieses Wort unter? Vielleicht sagt mir mal einer, was das überhaupt heißt?*

Ein Gast zupfte sie am Ärmel und ließ sie nicht mehr aus. »Sagen Sie, wie viel Bier haben Sie heute schon verkauft? Haha.«

Eine Frau ergriff sie am Unterarm, um zu bestellen. Angeekelt wand sich Ruth aus dem Griff. »Jetzt sei halt nicht so empfindlich«, die Frau strahlt Ruth an. *Manchmal bin ich froh, wenn sie mich angreifen, manchmal halte ich es gar nicht aus,* dachte Ruth ärgerlich. Drehte sich schwungvoll mit den leeren Krügen in der Hand weg und erwischte die Frau am Ellbogen. Nicht fest, aber der Drall verursachte einen höllischen Schmerz, der sich bis zu den Zähnen zog. Die Frau setzte sich hin.

»Acht fünfundvierzig krieg ich noch.«

Der Mann neben ihr zahlte. *Da kannst du echt stolz darauf sein*, keifte sich Ruth innerlich selbst an und überlegte, ob sie ihre Reaktion erklären sollte. Sie wusste aber, dass die Frau daran nicht interessiert war, hatte außerdem keine Zeit, lief zur Schänke und suchte Kristina, die immer noch nicht in Sicht war.

Sie würde jetzt also allein achtundsechzig Essen aus der Küche holen, mit jedem vollen Tablett durch das ganze, inzwischen dicht gefüllte Zelt gehen, die Essen abladen und sich dann wieder in die Masse werfen, zur Küche drängen und so weiter. Drei Stunden lang mindestens. Sie schaute wieder auf die Uhr, hoffte noch mal, dass Kristina kam, sah sie nicht, atmete tief durch, konzentrierte sich. Legte los. Zuerst natürlich die Hendl. Die ersten drei Tabletts gingen überraschend schnell. Die Musik machte gerade die große Vorabendpause. Die Menschenmassen saßen auf ihren Plätzen, diejenigen, die standen, bemerkten sie und wichen einfach zur Seite. *So soll's sein*, dachte Ruth.

Ermutigt von dem schönen Tempo legte sie eine Runde Bier ein. Verkaufte schnell. Die rechte Hüfte tat immer noch weh. Zwei ganze Tische nörgelten wegen des schlecht eingeschenkten Biers. Wate schenkte normalerweise nicht schlecht ein, da stimmte was nicht. Sie schaute wütend zur Schänke, was tat er ihr an? Da sah sie, dass Kurt wieder einschenkte und sie hatte es gar nicht gemerkt. Wate war nicht da. *Schon wieder nicht? Hatte der nicht gerade seine Pause gehabt?* Das Verkaufen ging zu langsam, weil alle maulten und Witze über das schlecht eingeschenkte Bier machten.

Von hinten trat Bora an sie heran und zog sie sanft aus der Menge.

»Was ist mit Teresa?«, fragte er drängend. »Sie ist nicht tot, oder? Sie kommt nicht mehr aufs Oktoberfest und du hast Scherz gemacht.«

Ruth legte die Hände auf seine Oberarme und flüsterte ihm erschöpft zu, was passiert war. Teresa war von ihrem langjährigen Freund verlassen worden. Ihre Tochter war erwachsen – »Die Gina, die Neue, das ist Teresas Tochter, weißt. Und Teresa hatte nur weg gewollt. ›Nichts wie weg‹, hatte sie gesagt. Sie hatte beschlossen, per Autostopp nach Griechenland zu fahren. Autostopp!« Ruth packte Bora fester. »Kein Mensch fährt doch heute mehr per Anhalter. Teresa ist überhaupt auch vorher noch nie so gereist.«

»Kein Geld«, schlug Bora als Begründung vor.

»Nein, sie wollte das machen, was halt damals vor dreißig Jahren alle gemacht haben, die immer von der Freiheit geredet haben. Spätestens mit siebzehn waren alle per Autostopp in Griechenland gewesen. Außer Teresa. Die hat Wate nicht gelassen.«

»Und?«, drängte Bora weiter.

»Und nichts. Wir haben zusammen den Rucksack eingepackt. Dann ist sie mit dem Taxi zur ersten Tankstelle auf der Autobahn gefahren.«

Ruth zerknüllte Boras Ärmel. »Sie hatte vielleicht geglaubt, man müsste sich auf den Pannenstreifen stellen. Ein Laster hat sie überfahren und sie war gleich tot.«

Jetzt weinte Ruth, umarmte Bora noch mal, wischte sich die Tränen an seinem T-Shirt ab, riss sich los und stapfte in den Service.

Ruth brachte die leeren Krüge zur Schänke zurück. Griff sich wieder ihr Tablett, drängte wieder in die Küche. Hitze, schlechte Luft. *Was dunsten die Leute hier nur alles aus*, denkt sie. Bierdunst vermengt mit Mundgeruch nach schlechtem Magen. *Sie kommen alle her, drängen sich vor mir zusammen und atmen den Graus aus in mein Gesicht*, fantasierte sie kurz, schüttelte sich. Zentrierte sich dann und setzte ihre Arbeit fort.

Tablett für Tablett. Sie stand geduldig in der Warteschlange für das Essen, schlichtete die Teller sorgfältiger als sonst auf den Schlitten, ging immer wieder durch das Zelt und nutzte geschickt kleine Lücken zwischen den Schwitzenden, die sich ergaben. Schob sich durch die rührselige Masse, die »Sierra Madre« sang und dabei Feuerzeuge in die Luft hielt. Es gelang gut.

»Sierra madre. Si-eeeeera maahaaa-dre.« Dem Sänger brach die Stimme. Ruth schaute zur Bühne und sah, dass der Frontmann noch den Mund bewegte, aber Hjarne dazu weitersang wie beim Karaoke.

Den ausgelassenen Frauen im Bierzelt wurde

sehr warm ums Herz. Dann übernahm der Frontmann wieder die Stimme, Hjarne verstummte und die Menschen vergaßen die kurze Irritation.

Hüfte und Arme schmerzten. Sie sah auf die Uhr. Schon acht. Gott sei Dank. Lange blieben die Gäste heute, am Sonntag, nicht mehr. Nur keine Pause machen. Alle waren mit Essen versorgt. Ruth verkaufte sofort weiter Bier. An der Schänke arbeitete immer noch Kurt. Wate war nicht hier. *Wate und Kristina*, dachte Ruth beunruhigt.

»Acht fünfundvierzig, bitte.«

Und die Polizei, schoss es Ruth durch den Kopf. Sofort entstanden Geschichten in ihrem Kopf. *Die beiden drehen ein großes Ding, sind seit Jahren ein heimliches Liebespaar. Der Ostaberger hat seine Hand im Spiel.*

»Heh, da krieg ich aber noch fünfzig Euro.« Ein Mann schimpfte, er habe ihr hundert Euro gegeben. Ruth sah ihn an, konnte sich überhaupt nicht erinnern, was für einen Schein sie gerade bekommen hatte. Schaut nach. Sie ließ normalerweise jeden Geldschein immer außerhalb der Geldtasche mit dem Zeigefinger eingeklemmt, bis das Wechselgeld akzeptiert war. Diesmal nicht. *Verdammt.* Sie sagte, dass sie sicher sei, dass es fünfzig Euro waren.

»Die Weiber probieren's halt immer. Aber bei mir funktioniert das nicht, gell.«

»Genau«, bestätigte Ruth. »Aber ich sehe gerade, dass ich keinen einzigen Hunderter in meinem Geldbeutel habe. Schauen Sie.« Sie zeigte dem ganzen Tisch die offene Geldtasche. Alle bestätigten, lachten und hauten dem Mann auf die Schulter.

Alfons notierte etwas. Sie verkaufte weiter und spann dabei neue Varianten des geheimnisvollen Verschwindens von Wate und Kristina.

Die Gäste bestellten nicht mehr viel. Ruth musste in Bewegung bleiben und ging in einem fort die Tische im Garten entlang, dann eilte sie ins Zelt, graste Kristinas Tische ab, brachte die gewünschten Dinge und fand keine Ruhe.

»Wissen Sie«, sagte ein Besoffener im Nadelstreif in der Box zu Ruth, »wissen Sie, was unser Erfolgsrezept ist?«

»Nein«, erwiderte Ruth.

»Wissen Sie, wir stellen nur überdurchschnittliche Leute ein.«

»Aha«, gab Ruth von sich und verfolgte mit ihren Blicken vier Polizisten, die sich durch die Menge bewegten. Sie verlor sie wieder.

»So wie Sie hier überdurchschnittliche Arbeit leisten«, lobte er und klopfte ihr anerkennend auf den Arm.

»Ist die Arbeit interessant?«, fragte Ruth zerstreut und ging weg. Im Garten hatte sich eine Traube aufgeregter Leute gebildet. Ruth wurde fast schwindlig: Wate und Kristina waren zurück.

Ruth schaute auf die Uhr: Viertel nach neun. Inzwischen hatten im Garten zwei Tische neue Gäste. Ruth bewegte sich zur Schänke, sah Wate an, sah Kristina an. Kristina hatte ein verschwollenes Gesicht. Sie sahen einander an und Ruth wusste, dass ihr Kristina dann gleich alles erzählen würde, und drehte sich weg zu den Tischen. Merkte nach zwei Metern, dass es nicht mehr ging. Kehrte wieder zur Schänke zurück und knallte die Krüge mit letzter Kraft zurück auf die Theke. »Jetzt kannst nimmer.« Tanja war sofort zur Stelle, und nahm sie ihr aus der Hand. »Gemma«. Ruth folgte Tanja, bedankte sich, verkaufte das Bier und ging befreit zurück zur Schänke.

»Sooo.« Ruth richtete ihre Wirbelsäule auf, entspannte sich dabei und wandte sich aufmerksam Kristina zu.

»Der Wolf ist hin«, sagte Kristina. »Den haben sie am Nachmittag im Zelt abgestochen.«

Ruth sagte zuerst nichts. »Das ist nur gerecht …«, dann, »… dass ihn nun eben jemand tot gemacht hat.« *Totgemacht? Seit wann sage ich denn totgemacht?*, dachte sie sofort, war aber viel zu erschöpft, um sich zu verbessern.

»Aber wer?«, flüsterte Kristina heiser.

»Ist mir wurscht«, sagte Ruth.

»Aber die Polizisten«, wisperte Kristina. »Die wollen unbedingt wissen, wer es war. Die sind gleich grob worden, als ich gesagt habe, dass mir das recht ist, dass der Wolf hin ist.« *Gina müsste sofort informiert werden*, dachte Ruth, vergaß es aber gleich wieder, weil sich Herr Pfeiffer schreiend näherte: »So geht das nicht! Nur weil es gegen zehn Uhr geht, heißt das nicht, dass ihr herumstehen sollt. Ihr sollt Bier verkaufen!«

Das bedeutete meistens, dass der Chef auch

gleich um die Ecke kommen würde und so stellten sich alle wichtig an der Schänke an, wo Wate äußerst langsam Bier ausschenkte und jede mit einem Krug in ihrem Service verschwand. Auch Kristina verdrückte sich in ihre Box und kam bleich mit der langen Liste an Notizen wieder heraus, die Ruth hinterlassen hatte.

»Komm, setz dich hin«, ordnete sie an. »Du bewegst dich heute nicht mehr, du trägst kein einziges Bier mehr.«

Kristina stellte mit ihrem linken Fuß zwei Limo-Kästen aufeinander und setzte Ruth darauf. Ruth saß da und alle verbliebene Kraft entwich ihr. Sie wusste, dass es extrem schwierig werden würde, heute überhaupt noch einmal aufzustehen und vielleicht ein Cola herumzutragen. Langsam begann sie alle Schmerzen zu spüren, die der Tag ihr hinterlassen hatte. Eine halbe Stunde später hatte sie sich wieder im Griff und erinnerte sich daran, dass sie irgendetwas tun wollte. Eine Rechnung ausstellen? Nein. Da sah sie Gina mit vielen leeren Krügen zur Spülmaschine eilen, wusste, dass sie sie informieren musste und versuchte sie herbeizuwinken.

Gina sah an ihr vorbei. *Rindvieh. Geldgeier.* Sie knallte die leeren Krüge auf das Laufband der Spülmaschine. *Ich komme morgen gar nicht mehr. Die können mich alle mal.*

Um zehn schickte Kristina Ruth nach Hause: »Ich mach morgen Frühdienst.« In der Box tobte die Menge noch, während im Garten schon Ruhe und Heimgehstimmung herrschten.

Ruth hüllte sich in ihren riesigen Mantel und hinkte nach Hause.

Auf der Bieselwiesen hatten zwei Leute unter einem Baum Sex. Ruth blieb vor Erschöpfung stehen und sah ihnen zu. *Zweimal habe ich ihn heute getroffen,* dachte sie. *Wenn ich ihn in der Früh richtig geschlagen und weggeschickt hätte, wäre er am Nachmittag vielleicht nicht auf der Sani-Bahre gelegen? Dann würde er jetzt Sex mit irgendjemandem haben.* Sie hielt die Hand an die rechte Hüfte.

Montag

Montag, halb elf Uhr morgens. Sitzplatz in der U-Bahn. Ruth roch den Duft ihrer gestärkten Dirndlbluse und noch einen Hauch des morgendlichen Duschgels. Duschen, duschen, duschen.

Mit offenem Mund in der U-Bahn, das war gestern. Im Spiegelbild des Fensters hatte sie gesehen, wie idiotisch sie mit offenem Mund aussah, aber es war eben ein kleines bisschen zu anstrengend gewesen, ihn zuzumachen.

Zur Wohnungstür hinein gewankt. Dusche. Alles abgewaschen: den Dreck, das Bier, die Leute, Gina, den Ostaberger, Wolf.

Dann war sie ins Bett gegangen und hatte geschlafen wie ein Stein. In der Früh: gequältes Aufstehen, alles tat weh. Gleich noch mal in die Dusche. Dann zwang sie sich dazu, etwas zu essen. Hunger hatte sie keinen.

In der U-Bahn kam der Vortag langsam wieder zurück: Gina war die Tochter von Teresa. Ginas Fassungslosigkeit über den Arbeitsplatz ihrer Mutter. Das Verschwinden von Kristina und Wate. Der Stress. Die Schmerzen.

Wolfgang Summerer war tot. Er hatte Teresa also nur um ein halbes Jahr überlebt.

»Messerstecherei auf der Wiesn«, las sie eine große Schlagzeile in der Zeitung ihres Sitznachbarn. Verrenkte sich ein wenig, um mehr zu lesen. Der Nachbar runzelte die Stirn, verstärkte seinen

Ansatz zum Doppelkinn und rückte ab, blätterte eine neue Seite auf. Ruth wippte zwei Stationen lang mit ihrem Fuß, gab sich einen Ruck, hielt den Fuß fest und wandte sich an den Sitznachbarn, um die Zeitung zu erbitten: »Entschuldigung, aber das muss ich sofort wissen. Ich kenne den.«

»Freilich, schau ma gleich.« Die Ablehnung des Mannes war verschwunden. Er blätterte zurück, gab ihr die Zeitung, und ließ sie sich nach ein paar Sekunden wieder zurückgeben.

»Danke.«

Wolf war also gar nicht tot. »Journalist mit Skalpell lebensgefährlich verletzt«, las Ruth. »Stich in die Niere«, las sie weiter. »Wem war der Sportreporter des Jahres auf der Spur? Schlug die Dopingmafia zurück?«, fragte die Zeitung. »Der dreifache Familienvater ist noch nicht ansprechbar. Chirurgenskalpell sichergestellt.«

Auf alle Fälle würde die Sache eine Menge Ärger bedeuten: Polizei und Zeitungen würden Fragen stellen. Wate und Kristina waren verdächtig, fiel ihr ein, und dass Gina die Tochter seiner jahrelangen Liebschaft war.

Liebschaft, dachte Ruth. Für Teresa war er die ganz große Liebe gewesen. Sie hatte ihre Wärme und Freude an ihn verschwendet. *Verschwendet.* Wütend kickte sie auf dem U-Bahn-Bahnsteig einen Stein aus dem Weg, drängte sich auf der Treppe an den anderen Leuten vorbei. Nur nicht stehen bleiben.

»Aber geh, ich verschwende doch nichts.« Teresas

Stimme war sehr laut in der Erinnerung. »Wenn wir zusammen sind, geht's uns so gut. Wenn wir nicht zusammen sind, denke ich gar nicht oft an ihn.«

»Aber er wird sich nie von seiner Familie trennen, er wird dich nie heiraten. Eine Bedienung. Bei *diesen* Freunden!«, hörte sich Ruth nörgeln.

»Gott sei Dank«, hatte Teresa gesagt. »Den hält man doch nicht die ganze Zeit aus.«

Ein stechender Schmerz schoss wie eine kalte Nadel in ihren rechten Außenknöchel. Ruths Hirn war plötzlich leer und sie fand sich liegend auf dem Straßenpflaster wieder. Sie setzte sich auf, lehnte sich an eine Hausmauer und atmete flach. Die kalte Nadel webte den Schmerz zwischen Innen- und Außenknöchel hin und her.

Ein Skateboard bremste vor ihr ab. »Was machen Sie denn da?«, fragte Alfons. »Na servus, kommen Sie gleich mit, das ist meine Uni.«

»Ich bleibe sitzen, es geht gleich wieder«, brachte Ruth heraus und hörte erstaunt ihre eigene Stimme krächzen. Die Leere sackte vom Hirn in den Magen. Übelkeit.

Zwei Männer fassten sie unter, stellten ihren linken Fuß auf das Skateboard und verfrachteten sie durch eine Tür in einen Vorraum. Ein Stuhl wurde Ruth untergeschoben, Alfons bekam von irgendjemandem einen Kaffee gereicht.

»Gib ihn ihr, ich hole mir einen neuen.«

Ein blondes Mädchen tupfte Ruth die Tränen ab. Ruth registrierte die Vorgänge, schloss die Augen und wagte wieder tiefer zu atmen.

Der Schmerz zog sich in den Außenknöchel zurück. Ruth machte die Augen wieder auf und schaute sich um: kleiner Vorraum, grauer Boden, enge graue Treppe in den ersten Stock, blaues Geländer. Zwei Glastüren. Rundum laufende Zierleiste mit blauen Punkten. Sie sah Alfons vorwurfsvoll an.

»Das ist keine Uni«, stellte sie fest.

»Das ist unsere Uni«, sagte Alfons. »Sie sieht nur aus wie ein Wohnhaus aus den siebziger Jahren. Schauen Sie, da hängen Listen mit Prüfungsterminen und Listen, welche Unterlagen man für welche Prüfung mitnehmen darf.«

»Hier sind Studenten«, erklärte Alfons und zeigte auf sich und eine Gruppe, die sich auf einem engen Gang drängte. »Und das hier ist Rulfo.« Er zeigte auf den zweiten Helfer. Dann gab er ihr endlich den Becher mit Kaffee.

Ruth nahm ihn und nickte.

Die blonde Frau tauchte wieder auf, mit einer weißen Rolle in der Hand. »Stehen Sie mal auf und versuchen Sie aufzutreten«, sagte sie bestimmt. Ruth humpelte ein bisschen auf und ab, bei jedem Schritt breitete sich der Schmerz wieder aus, bei jedem Schritt aber weniger intensiv.

»Ist mir schon öfter passiert, aber jetzt schon lange nicht mehr.« Ruths Stimme war wieder normal.

»Danke, ich geh' jetzt.«

Die Blonde drückte sie wieder auf den Sessel, einen *Studentensessel*, wie Ruth überflüssigerweise dachte, zog ihr den rechten Schuh aus und wickelte den elastischen Verband fachmännisch um Ruths Gelenk.

»Schühchen zu«, sagte sie und stellte den Riemen von Ruths großem Schuh zwei Löcher weiter. »*Jetzt* können Sie gehen, wenn Sie gehen können. Sonst rufen wir die Rettung.«

Strahlend blauer Himmel. Ruth kam humpelnd wieder bei der Bieselwiese vorbei. Der Baum war heute verlassen.

In den Zelten war schon einiges los. Eine Kindergartengruppe wirbelte vorbei. Alle Kinder hatten knielange gelbe Sweatshirts an. Ruth genoss ganz kurz das aufgeregte Geplapper, die wärmende Herbstsonne, spürte Ian neben sich, konnte ihn fast greifen. Gab sich einen Ruck, ging weiter. Weinte fast.

Im Biergarten waren fast alle schon da. Kristina hatte schon ein paar Bier verkauft. An ihren sieben Gartentischen saßen fünf Leute. Einer las Zeitung. Ruth verstaute rasch ihre Tasche hinter der Schänke, machte eine kurze Runde zu den Gästen.

»Guten Morgen.« Der Zeitungsleser freute sich, dass sie da war.

Zu ihm setzte sich ein anderer Gast. Ruth hatte ihn am Sonntag schon gesehen. Am Nachmittag hatte er mit einem nicht endenden Redefluss den ganzen Service unterhalten. Rote Backen, den Mund immer ein Stückchen offen. Er war alleine gekommen und Ruth sah ihm an, während sie sich ihre bunte Dirndlschürze zuband, dass er sich unbedingt mit dem Zeitungsleser unterhalten wollte. Dann winkte er Ruth zu. Ruth winkte zurück. »Geht's dir gut?«, rief er herüber, sie antwortete: »Ja.«

»Der liest gar nichts in seiner Zeitung«, bemerkte er über ein paar Tischreihen hinweg.

»Der hat ein Buch drin versteckt. Schau her!«

Er entriss dem Zeitungsleser die Zeitung und ergriff das dahinter verborgene Buch oben an der Kante, um den Titel lesen zu können: »Ein Florian-Linden-Krimi.«

Er wedelte damit in Richtung Ruth. »Sogar auf Englisch«, meldete der Informant laut lachend und zeigte es aufgeschlagen herum.

Ruth richtete sich weiter für die Arbeit her und sah, wie das Buch zurückentrissen wurde.

Kristina flog vorbei, ein angenehmes Mittagsgeschäft hatte schon begonnen, ein paar Bier hier, ein paar Bier da, ein paar Hendl, kein Stress, aber ständiges Laufen.

»Tanja ist rausgeflogen«, zwitscherte Kristina. »Es gibt eine neue. Eine ganz komische«, versprach sie und war weg.

»Hast du den Wolf mögen?« Gina stand plötzlich neben ihr. Sie war heute ungeschminkt. »Ich kenne ihn praktisch nicht«, erwiderte Ruth und fand ihre abweisende Stimme äußerst unpassend.

»Er hat die Mama umgebracht«, sagte Gina tonlos.

Ruth warf einen kurzen Blick in ihren Service, dann drehte sie sich ganz zu ihr um und fauchte sie ärgerlich an: »Er hat die Teresa verlassen. Das kommt vor. Und dann hatte sie diesen Unfall.«

Super, dachte sie. *Genau das braucht die Gina jetzt, angeschrien und belehrt zu werden.* Sie wollte sie allerdings auf keinen Fall umarmen. Nach der Wiesn ja, aber jetzt wollte sie anstrengende andere Leute nicht an sich heranlassen. Sie war selbst nur mehr knapp vom Zusammenbruch entfernt. Ruth tätschelte ihr den Oberarm und ließ sie stehen.

Profiverband, kam ihr in den Sinn, als sie ihren Fuß begutachte. Ihr Fußgelenk war sehr gut gestützt. Der Schmerz war gut unterdrückt. Sie spürte ihn nur mehr, wenn sie den Fuß probehalber absichtlich verdrehte. Während sie wegging, fiel ihr ein, dass Gina ja gar nicht wissen konnte, dass sie sie schon gestern als Tochter von Teresa erkannt hatte. *Sie hat mich aber auf Wolf angesprochen,* überlegte sie. Das war irgendwie komisch. Verwirrt räumte sie ein paar Krüge ab. Dann fiel ihr die Lösung ein: *Alle hatten es heute früh schon gewusst.* Solche Geschichten verbreiteten sich schnell. Ein Wort von der Polizei über sie zu irgendwem und schon wusste das ganze Zelt, dass sie Teresas Tochter war. Viele würden sie auf die Messerstecherei angesprochen haben, wurde ihr klar. *Warum spricht sie dann* mich *auch noch darauf an?,* fragte sie sich kopfschüttelnd.

»Ich habe eine Gruppe in der Box, du bist draußen jetzt schon im Einsatz«, teilte ihr Kristina ziemlich laut mit. »Was hast du denn da am Fuß?«, fragte sie, ohne auf eine Antwort zu warten, drückte ihr das Tablett und einen Zettel mit Bestellungen in die Hand. »Die Freunde und Helfer wollen dich auch noch sprechen. Sei ein bisschen unauffällig, bis das Mittagsgeschäft vorbei ist.«

Ruth nahm ein unauffälliges Gesicht sowie einen unauffälligen Gang an. Kristina lachte und verschwand im Zelt.

Ruth stellte sich bei den Hühnern an. Die drei Köche schwitzten neben den Grills, auf denen sich Hühner, Enten und Haxen drehten.

»Hühne!«, schrie der Hendlzerhacker, der keine Zeit hatte, sich umzudrehen. Von hinten wurde ein heißer Spieß gebracht, die Hendl mit einem dicken Handschuh von der Stange gestreift, vom Zerhacker aufgelegt und mit einem scharfen Messer brutal entzwei geschlagen. Der dritte Mann war ebenfalls schweißüberströmt, nahm den Bon von Sophie entgegen. »Neun«, sagte er, stopfte den Bon in eine Holzbox und knallte ihr neun Teller aufs Tablett. Zählte laut mit: »Eins, zwei, drei, vier, fünf.«

»Hühne!«

»Di' hat fei grad die Polizei gesucht!«, schrie er zu Ruth herüber. »Sechs, sieben, acht, neun und Abflug. Nächste.« Er nahm Ruths Bon »Dreizehn. Eins, zwei, drei …«

»Heh, Yang, ihr habt mir nur neun gegeben, ich hab' zehn bezahlt.« Sophie war wieder zurück.

Yang, der Zerteiler, kam aus seinem Rhythmus, blickte sie durchdringend an: »Pass auf dein Geld selber auf, du Hühn.« Er hackte weiter. Sophie schimpfte und ging weg.

Ruth machte sich auch mit ihrem Tablett davon. Es war immer noch Mittagszeit, niemand stand besoffen im Weg. Beim Ausgang baute sich eine große Frau vor ihr auf: »Sie sind Frau Netzer Ruth, oder?« Sie verglich die Bedienungsplakette von Ruth mit einer Notiz auf ihrem Block. »Mein Name ist Hafner von der Kripo München. Ich bräuchte ein paar Auskünfte.«

»Jetzt nicht!« Ruth umschiffte sie mit dem Tablett, war stolz auf die barsche Antwort, der hatte sie es jetzt gezeigt. Die traute sich sicher erst am Nachmittag wieder zu ihr.

Sie erinnerte sich an die andere Polizistin, mit der sie nach Teresas Unfall ihren Tramper-Rucksack durchgesehen hatte. Das Gepäcksstück war tatsächlich – wie es die Werbung für diese Art von Bergsteigerausrüstung versprach – extrem strapazierfähig. Der Teil, der am Rücken anliegen sollte, und die Träger waren blutdurchtränkt gewesen. Teresas Blut war aber nicht in das Innere des Rucksacks gesickert. Alles war noch so, wie sie es gemeinsam eingepackt hatten. Sie hatte vollkommen die Fassung verloren. Die Polizistin hatte gewartet und ihr einen Espresso gemacht. Dann hatte sie mit ihr zusammen alles ausgepackt und auf zwei Haufen gelegt. Ihre Sachen und Teresas Sachen. T-Shirts und Unterwäsche von Teresa, Taschenmesser, Kompass und Taschenlampe von Ruth.

Dann hatte sie gefragt, ob sich Teresa vielleicht absichtlich ... Ruth hatte den Kopf geschüttelt.

»Ich wollte nur mal fragen. Ich verstehe den Unfall nicht«, hatte die Polizistin noch gesagt.

»Frau Ruth Netzer? Jetzt haben Sie ein bisschen Zeit, wie ich sehe.« Die Polizistin von vorhin fasste sie am Oberarm und führte sie ein wenig abseits. »Polizei, mein Name ist Monika Hafner.« Ruth war aus ihren Gedanken aufgeschreckt, überlegte, ob sie alles abkassiert hatte und ließ sich davonführen.

Hafner blickte auf ihre bisherigen Notizen und fasste zusammen: »Sie waren also die beste Freundin der Geliebten von diesem Wolfgang Summerer? Nach der Trennung im Frühling haben Sie ihr geraten, per Autostop zu verreisen. Dann ist der Unfall passiert. Sie fühlen sich schuldig und hassen den Mann.«

Die Frau wusste gar nichts. »So ist es«, bestätigte Ruth. »Was wollen Sie noch wissen?«

Hafners Blick, der gerade noch wohlwollend Ruth gegolten hatte, verhärtete sich.

»Frau Netzer«, sagte sie bestimmt. »Ich will wissen, wer zugestochen hat. Sie nicht?«

»Nein, gar nicht.«

Hafner ließ sie einfach stehen und Ruth war ein wenig enttäuscht. Sie eilte in ihren Servicebereich. Kristina hatte alles erledigt und balancierte ein Tablett mit Türmen von leeren Tellern darauf durch den Garten. Ruth ging zu ihr hin, schweigend räumten sie es gemeinsam ab: Essensreste in die Mülltonne, Teller in den Geschirrcontainer.

Beide warfen gleichzeitig zerstreut Essensreste in

den Tellercontainer und je einen Teller in die Mülltonne, lachten und machten wieder richtig weiter. Als sie fertig waren, brachen beide noch zu einer Bierrunde auf und zogen sich danach hinter ihren Schrank zurück. Kristinas Schachtel Lucky Strike war von Bier vollkommen durchnässt. Sie warf sie angewidert auf den Boden und nahm eine aus Ruths Schachtel. Zwei tiefe Züge lang schwiegen sie.

Beide brauchten alle Kräfte und Konzentration, um die sechzehn Tage im aufrechten Gang durchzustehen. Wenn eine von beiden auch nur ein bisschen neben der Spur wäre, müsste die andere ihre letzten Kraftreserven anzapfen und es ginge sich vielleicht nicht bis zum Ende des Fests aus.

Ruth fragte: »Geht uns das was an?«

Kristina sagte: »Nein.«

»Hast du die Gina irgendwann mal kennengelernt. Früher?«, fragte Ruth.

»Nein, ich habe sie auch nur von den Erzählungen gekannt. Komisch eigentlich«, stellte Kristina fest. »Sie hat sie nie nach München mitgenommen – und zu Hause haben wir sie ja nie besucht.«

Schweigend rauchten sie weiter.

Plötzlich drängte sich die Neue zu ihnen hinter den Schrank und begann laut zu erzählen, dass ihr irgendwer irgendwas falsch herausgegeben habe: »Also so was. Die Leut' glauben wohl, sie sind was Besseres, also wirklich. Ist euch das auch schon passiert, geh, hast du mal Feuer?«

Ruth gab ihr Feuer, dann ließen sie und Kristina ihre halb gerauchten Zigaretten fallen, schauten die Neue kühl an und kehrten zu ihren Tischen zurück. Da aber nicht viel los war, stand Ruth an der Schänke und betrachtete Wate bei der Arbeit.

»Der gute alte Wate, für ihn war der Wolf ja der ärgste Rivale, gell«, plauderte die Neue, die schon wieder neben Ruth stand, drauf los. »Natürlich hat er keine Chance gehabt, weil der Wolf gleich alt war wie sie, und Wate hätte ja ihr Vater sein können. Ich finde es ja immer abartig, wenn sich die Männer in jüngere Frauen verlieben, aber das war sicher eine romantische Ausnahme. Sicher ist er total traurig, weil sie tot ist. Du bist die Ruth, gell? Die Gina hat mir schon alles erzählt. Du warst die beste Freundin von der Teresa, gell? Besser als die Kristina. Ich heiß' übrigens Diana. Wie die Lady Di.«

Ruth löste sich ungern von der gemeinsamen Welt mit Wate und wendete sich Diana zu. Diese knuffte sie freundschaftlich in die Seite, und zwinkerte ihr zu. »Jetzt verkaufen wir aber wieder was, nicht wahr?« Sie ging zur anderen Seite der Schänke, schnappte sich motiviert ein paar Maßkrüge und mischte sich damit ins Getümmel. Ruth blieb verwirrt zurück.

»Du kannst den Mund jetzt wieder zumachen«, sagte Lisa im Vorbeigehen zu ihr. »Außerdem wollen die Buben was trinken und dein Papa ist da.«

Alfons und Rulfo waren da. Alfons hatte tatsächlich die Hand bestellend in der Höhe und Ruth holte sich einen Schwung Krüge von der Schänke und ging zu ihren Tischen.

»Danke noch mal«, sagte sie. »Das war nett von euch heute Morgen.«

»Ist bei euch noch Platz?«, wollte sie wissen und winkte ihren Vater herbei. »Du bist ja noch mal gekommen«, sagte sie zu ihm. »Gefällt dir etwa meine Welt plötzlich?«

Sloraczny grinste sie an und freute sich über die junge Gesellschaft. »Hallo!«

»Bei euch ist ja allerhand los«, meinte er zu Ruth. »Messerstecherei im Bierzelt.«

»Die Neue ist nicht von hier«, sagte Alfons.

»Doch, sie spricht münchnerisch«, entgegnete Ruth.

»Nein«, widersprach Alfons. »Sie nimmt die Krüge falsch von der Schänke, sie knufft Sie in die Seite wie in einem schlechten Film aus den sechziger Jahren und sie zwinkert wie im Schülertheater.«

»Na dann steht sie halt auf alte Filme.« Ruth mochte es nicht, wenn über ihre Kolleginnen gesprochen wurde, als ob diese Marotten hätten. »Ich mag zum Beispiel auch alte Filme, ich schau mir alle Western an, doppelt und dreifach.«

Alfons legte einen neuen Zettel an. »Sie hat ja die Stammgäste der früheren Bedienung schnell adoptiert«, bemerkte Alfons zu Rulfo und zeigte auf Diana, die am Tisch bei den Ramers saß, als gehöre sie zu ihnen.

»Falsche Kellnerin bei Gespräch mit Gästen entlarvt«, deklamierte Sloraczny dramatisch. »Ah,

Kollege Ramer?« Er lehnte sich waghalsig aus seinem Rollstuhl, um besser zu sehen. Alfons klopfte mit dem Bleistift auf den Tisch und wartete auf nähere Erklärungen.

»Er hat mal in meiner Firma gearbeitet«, erklärte Sloraczny. »Natürlich ist er kein Techniker. Der war ganz schnell wieder weg damals.«

Alfons hatte mit dem Klopfen aufgehört. »Meinen Sie den prominenten Ramer? Den mit dem Sexskandal?«

»Ja, ja.«

»Und der ist jeden Tag hier? Was für ein Glück!«

»Also sag bloß, die Neue ist nicht komisch«, sagte Kristina zwei Stunden später wieder hinter dem Schrank: Sie verschnauften kurz vor dem letzten Ansturm, der gleich beginnen würde. Ruth fiel ein, dass sie Gina ein Gespräch über Teresa schuldete, dass sie Maria noch gar nicht gefragt hatte, was das für eine Krankheit war und dass der letzte Tisch in ihrer Reihe noch nicht bezahlt hatte.

Na gut, dachte sie, *dann brech' ich eben später zusammen.* Sie grinste schief.

»Hübscher Verehrer«, stellte Bora im Vorbeigehen fest. »Ein echter Che!« Er verdrehte die Augen.

»Was?«, fuhr ihn Ruth an.

»Der Che, der jetzt mit dem Chinesen redet, er ist die ganze Zeit hinter dir her.«

Ruth schaute in die Richtung der Hühnerausgabe. »Das ist doch nur Rulfo«, sagte sie.

»Hübsch wie Che Guevara«, säuselte Bora dramatisch. »Haftet an dir wie Kette.«

»Klette«, verbesserte Ruth automatisch.

»Kurze Kette«, schloss Bora eigensinnig.

»Der Chinese ist auch ein komischer Vogel«, berichtete Rulfo, der sich zu ihnen gesellt hatte. »Ich frage ihn die wichtigsten Dinge und er fragt glatt zurück: Will etwas über meine Eltern und meine Geschwister wissen. Ist das der neue Smalltalk oder was?«

»Was willst du denn von dem Hendlzerhacker?«, fragte Ruth ihn. »Ein Hendl? Ich lade dich auf eins ein, wenn du eins willst. Als Dankeschön für heute Morgen.«

»Nein, danke«, antwortete Rulfo. »Ich habe ihn wegen unseres Spiels gefragt.«

»Schau mal, er hat mir seinen Namen in chinesischen Zeichen aufgeschrieben. Schön, oder?«

Bora nahm ihm den Zettel aus der Hand: »Sieht cool aus«, bestätigte er.

»Kann ich das haben?«, wollte Sloraczny wissen und zupfte an dem Papier. »Vielleicht finde ich im Internet raus, was der Name bedeutet. Diese chinesischen Zeichen bedeuten ja alle etwas.« Er steckte das Blatt ein und rollte beschwingt davon. Als er bemerkte, wie fröhlich er war, setzte er sofort sein ernsthaftes Gesicht auf. *Ich bin Ingenieur und finde daher gerne einen Sachverhalt heraus*, verteidigte er sich gegenüber sich selbst.

»Was für ein Spiel? Was willst du denn mit ihm spielen?«, fragte Ruth.

Rulfo lachte sie aus. »Er hilft uns. Sie alle helfen uns«, sagte er zu Ruth. »Ich und Alfons, wir spielen nicht, wir *machen* Spiele. Sie waren doch in unserer Uni. Wir sind Game-Designer.«

Dienstag

Georg Sloraczny saß unruhig vor dem Computer und starrte zum hundertsten Mal den kurzen Pinnwandeintrag auf Ians Facebookseite an.

Thank you, Ian, you lived a full life, you understood how to make the most of what you had, and you accepted death with dignity, a real hero to the end.

Im Winter, als er nicht außer Haus kam, hatte er alle möglichen bekannten Namen im Internet gesucht und war auch auf Ian gestoßen. War es im Jahr 1992 gewesen, als Ruth wie ein Wasserfall von ihm erzählt hatte?

Sie hatte danach nie mehr von ihm gesprochen. Georg Sloraczny machte sich Notizen. Bevor er seiner Tochter erzählte, dass der Mann tot war, wollte er alles über ihn wissen. *Ist es unmoralisch, einen Toten zu stalken?*, fragte er sich.

Vielleicht war diese hysterische Person im Biergarten auch ein Stalker, schweifte er ab. Mit den zwei Studenten hatte er sie lange beobachtet. Die beiden gefielen ihm, sie waren sehr präzise in ihren Beschreibungen. Jedenfalls war die neue Bedienung keine Bedienung, hatten sie herausgefunden. Sie war langsam, sie war nicht am Umsatz interessiert und redete viel mit den Gästen und den Kolleginnen seiner Tochter. Eigentlich mehr mit den Kolleginnen, fand er jetzt. *Vielleicht ist sie ein Spion*, dachte er vergnügt.

»Schotte«, notierte er. »In der britischen Armee.« Sloraczny dachte darüber nach, was ihm Ruth seinerzeit erzählt hatte. Wusste aber nicht mehr, welchen Beruf Ian gelernt hatte. *Funktechnik wahrscheinlich*, dachte er und schrieb das Wort auf seinen Zettel. *Was mache ich da?*, fragte er sich empört über sich selbst – und fügte in Klammern hinzu: (Vermutung GS). GS *für Georg Sloraczny, Stalker,* dachte er grimmig.

»Einsatz im Falklandkrieg, Einsatz in Nordirland«, schrieb er sorgfältig auf seine Liste. »Zigeuner« notierte er, strich es wieder durch.

Dann wendete er sich pflichtbewusst seinem Aufgabenzettel zu: »Leberschaden Goschee nachschauen«, stand da. Ruth hatte ihren Vater gebeten, herauszufinden, was das war und in Kürze hatte er es als »Morbus Gaucher« identifiziert. Er druckte die Seite aus.

Im menschenleeren Biergarten schüttete es seit zehn Uhr Vormittag und es war ziemlich kalt. Ruth stand mürrisch an der Schänke und starrte in den menschenleeren Biergarten. Sie überschlug, wie viel Geld sie in den letzten vier Stunden nicht verdient hatte und malte sich die Verzierungen für die Null aus, die sie heute, Dienstag, in ihr Abrechnungsheft schreiben würde.

»Frau Netzer, heute haben Sie ja Zeit. Darf ich Sie auf ein Weißbier einladen?« Der Mann hatte äußerlich ein wenig Ähnlichkeit mit Ian. Sofort mochte sie ihn. Sie sog tief Luft ein, roch zwar nichts Bestimmtes, fühlte sich aber auch nicht unangenehm berührt.

»Ein Kaffee in Bodos Cafézelt? Ein Weißbier? Oder ein Kakao an Käfers Kaffeestand?«

»Ein Weißbier«, sagte sie und spannte ihren Schirm auf, ließ ihn darunter und sie zogen los. Im Weißbierzelt waren Tische frei. Der Chef drückte ihr einen Aschenbecher in die Hand und schickte sie nach oben. Ruth kuschelte sich in die Eckbank, erwärmte sich langsam, zündete sich eine Zigarette an und bot ihrem Begleiter auch eine Lucky Strike an, die dieser nicht nahm.

»Wer sind Sie denn nun?«, fragte sie, seine Augen waren auch fast schwarz, aber das machte es nicht aus. Vielleicht der angespannte Kiefer?

»Ich bin von der Polizei«, sagte er. »Ich trinke mit Ihnen ein Weißbier und ich möchte, dass Sie mir eine Geschichte erzählen. Meine Kollegen haben schon viele Fakten zusammengetragen. Aber wenn ich sie vor mir ausbreite, habe ich lauter Puzzleteile von verschiedenen Bildern. Ihre Geschichte wäre sehr hilfreich, damit ich mir daraus mein eigenes Bild machen kann.«

Er nahm Kontakt mit dem Aschenbecher auf und schob ihn ein paar Zentimeter nach rechts.

»Erzählen Sie mir eine Geschichte, in der der Summerer und seine Frauen vorkommen, und Sie und Ihre Freundin und der Alte an der Schänke und die kleine Gina.«

»Irgendeine Geschichte?«, fragte Ruth unsicher.

»Ja«, bestätigte der Polizist. »Meine Kollegen haben bis jetzt lauter wahre Zeugenaussagen gesammelt«, fuhr er trocken fort. »Nach den Aussagen der Kollegen war der Summerer ein Weiberer. Seine Frau hält ihn für einen guten Ehemann. Er war ein bequemer oder ein unbequemer Sportjournalist. Der Alte war auf ihn eifersüchtig oder er hat ihn gar nicht gekannt.« Ruth hatte inzwischen konstatiert, dass es die Stirn und die Augenbrauen waren, die sie an Ian erinnerten. Sie fühlte sich immer sicherer.

»So kann ich nicht arbeiten«, fuhr der Mann fort. »Erzählen Sie mir eine Geschichte, in der sich die Teile ineinander fügen. So wie Sie es sehen. Oder so, wie Sie es gerne sehen würden. Oder so, wie es Sie nicht stört, dass ich es sehe.«

Er räusperte sich. »Mein Name ist übrigens Hell. Knipsen Sie ein Licht bei mir an.« Den Scherz hatte er zwar schon oft gemacht, aber er machte ihn diesmal für sie. Und sie lächelte!

»Wir trinken gerade Alkohol«, wechselte Ruth das Thema. »Ist das im Dienst nicht verboten? Wir trinken ein Weißbier.«

»Ich brauche ein Bild«, sagte er. »Ein Mann ist tot und meine Arbeit ist es, den Täter zu finden.«

»Jetzt ist er also tot«, sagte Ruth.

Sie rauchte weiter, trank noch ein paar Schlucke und begann sich wohlzufühlen. Sie saß in einer warmen Gaststube, konnte rauchen, obwohl es nicht verraucht war. Ihr gegenüber saß ein Mann, der Ian ähnlich war und eine Geschichte von ihr hören wollte. Was hätte sie Ian für eine Geschichte erzählt? Ian hätte Fragen gestellt.

»Sie müssen mich etwas fragen«, sagte sie zu dem Polizisten. Sie schaute ihn an. Hell wiederum hatte sie während der letzten Minuten unablässig angeschaut und bemerkt, dass sich die Atmosphäre verändert hatte.

Er hoffte, dass sie sich nicht wieder verschließen würde, irgendetwas daherreden und in ihren klammen Biergarten zurückgehen würde. »Erzählen Sie einfach«, hätte er am liebsten gesagt. »Was war der Summerer für ein Mensch?«, wollte er fragen. »Wer hat etwas von diesem Tod?«, interessierte ihn am meisten. Hell räusperte sich noch einmal ausgiebig. Nahm ihr Zigarettenpäckchen in die Hand und spielte damit.

Er musste eine Frage finden, zu der sie gerne erzählte. Sie hatte den Summerer offensichtlich nicht besonders gemocht, also musste die Frage woanders beginnen.

»Dieser Wate scheint mir ein wichtiger Mann zu sein«, begann er nach einer Pause, und sah erleichtert, dass sie ihn gespannt ansah. »Mein Eindruck von Wate ist, er ist stark und stabil. Mehrere Zeugen sagen aber aus, er sei ein weiterer – allerdings verschmähter – Verehrer von Teresa gewesen und ihr wie ein Hund überall hin gefolgt. Wir haben mehrere Aussagen, dass er dem Summerer den Tod an den Hals gewünscht hat. Das passt für mich nicht zusammen. Frau Netzer, erzählen Sie mir bitte von Wate und Teresa. Das ist meine erste Frage: Was hat die beiden verbunden?«

Er beugte sich dabei ein wenig über den Tisch und lehnte sich erst im Verlauf der nächsten Minuten zurück.

»Wate ist ein ganz normaler Mensch«, begann Ruth und nahm sich vor, höllisch genau aufzupassen, was sie sagte. »Er ist natürlich sehr groß«, fuhr sie fort. *Er hat ein großes Herz und große Hände*, dachte sie. »Er sieht wild aus, hauptsächlich wegen seines Barts«, erklärte sie.

Hell hörte zu.

»Beliebt bei den Frauen?«, fragt er.

»Ja, klar. Aber er hat auch die ganz große Liebe getroffen.«

Und das war Teresa, dachte Hell.

»Und das war Victoria«, sagte Ruth zu seinem Erstaunen. »Die Mutter von Teresa.«

Dann war Teresa seine Tochter?, dachte Hell.

»Es muss eingeschlagen haben wie der Blitz. Victoria war verheiratet. Sie hat Wate auf einem Jahrmarkt kennengelernt und ein paar Tage später ihren Mann und die kleine Teresa verlassen.«

Ruth dachte an das einzige Foto von Victoria und Wate als jungem Burschen, das Teresa besessen hatte: »Junger Mann zum Mitreisen gesucht.« Vor diesem Schild an der Geisterbahn standen die zwei Verliebten. Sie sahen den Fotografen mit einem Blick an, der bei einem Betrachter auch Jahrzehnte später noch Gänsehaut verursachte.

»Sie war mit Wate sieben Jahre zusammen. Sie sind viel herumgekommen. Wate hat ja überall Arbeit gefunden. Er hat meistens auf dem Bau gearbeitet. Wenn Victoria unruhig wurde und woanders hin wollte, sind sie weitergezogen. Sie waren in Norwegen, in Kanada, in Deutschland. Da hat er das meiste Geld verdient, dann waren sie mal zwei Jahre in Australien. Keine Ahnung, was sie da gemacht haben. Nach sieben Jahren wollte Victoria ihre Tochter wiedersehen. Auf der Fahrt nach München haben sie einen Motorschaden gehabt. Während Wate zur Notrufsäule lief, ist Victoria ausgestiegen, um sich die Beine auf dem Pannenstreifen zu vertreten. Ein LKW hatte sie erwischt. Sie war schon verblutet, als Wate zurückkam.«

»Sie sind praktisch auf die gleiche Weise gestorben«, stellte der Polizist irritiert fest. »*Wollte* Teresa vielleicht so enden wie ihre Mutter?«

Aber nein, dachte Ruth.

»Warum denken Sie so etwas?«, antwortete sie Hell mit einer Gegenfrage.

»Schicksale wiederholen sich auf die erstaunlichste Weise«, sagte Hell. »Wir wissen nicht warum. Wir *Polizisten* wissen es nicht«, betonte er. »Wenn Mutter und Tochter unabhängig voneinander auf dem Pannenstreifen verbluten, ich weiß nicht, was das bedeutet. Aber es bedeutet *etwas*.«

Beide tranken einen Schluck.

»Die zehnjährige Teresa war dann seine lebendige Verbindung zu Victoria. War er von ihr abhängig?«, fragte Hell ernst und speicherte in seinem Gedächtnis das Bild eines erwachsenen starken Mannes, der von einer Zehnjährigen abhängig war.

»Er hat sich eine Wohnung in München genommen, unregelmäßig gearbeitet, immer mehr an Schänken. Er hatte gelegentlich eine Freundin, habe ich das schon gesagt? Er war ein paar Mal richtig verliebt, er arbeitet hart und hat Spaß im Leben.«

Hell wartete mit hochgezogenen Brauen.

»Nein, er war nicht von Teresa abhängig«, sagte Ruth schließlich. »Aber sie war eben immer seine Verbindung zu Victoria.« *So wie du gerade meine Verbindung zu Ian bist*, dachte sie beunruhigt. »Wo sie war, war er auch. Wenn sie Probleme hatte, war er da. Auch wenn er ihr nicht immer geholfen hat.«

Ruth schwieg. Irritiert hatte sie jedes Jahr im Herbst beobachtet, wie Wate mit Teresas Leben verschmolzen war, kaum, dass er sie sah. Es hatte gedauert, bis sie es verstand. In den Tagen, in denen er mit Teresa zusammenarbeitete, konnte er kurz erahnen, wie sein weiteres Leben mit Victoria hätte sein können. Er erkannte kleine Gesten wieder und sog sie in sich auf wie den Duft einer frisch gemähten Wiese. *War das Wunder auf Gina übergegangen?*, überlegte Ruth weiter. Nein, sie hatte nichts bemerkt. Dieser Faden war durchschnitten.

»War Teresa froh darüber?«, fragte Hell vorsichtig.

»Teresa hat diese geheime Verbindung zu ihrer Mutter schon sehr genossen. Manchmal lehnte sie sich an Wate, das habe ich selber gesehen. Und ich glaube, für beide war in diesen Momenten Victoria anwesend.«

»Was hat Wate zu Ginas Vater und zu dem Summerer gesagt?«, fragte Hell gespannt. Ihm war längst klar, dass Ruth wirklich ihren Eindruck erzählte, dass sie ihn aus irgendeinem Grund nicht anlog und die Teile, bei denen sie nicht dabei gewesen war, aus ihrem Gefühl vervollständigte. Schon in kurzer Zeit würde er ein komplettes Bild haben, das er mit seinem Puzzle vergleichen konnte.

»Teresas Männer waren Wate immer mehr oder weniger egal«, fuhr Ruth fort. »Ginas Vater hat er mal den Arm gebrochen, aber das war, weil er glaubte, dass er Teresa geschlagen hatte. Und nachdem der sie sitzen gelassen hatte, hat er eben selber einiges rund um die Geburt organisiert«, erzählte Ruth.

Und was mit dem Wolfgang Summerer gewesen sei, wollte Hell wissen.

»Als Teresa im Frühjahr diesen Unfall hatte, hätte er den Summerer beim Begräbnis fast umgebracht. Das habe ich allerdings nur gehört. Ich war selber nicht da. Nach so vielen Jahren war plötzlich seine Verbindung zu Victoria durchschnitten. Das hat ihn mehr fertig gemacht, als dass Teresa tot war.« *Obwohl er sie jetzt sehr vermisst*, fiel ihr ein. Vielleicht hatte sich seine Liebe zu Victoria in all den Jahren ja doch von ihm unbemerkt ein wenig auf Teresa übertragen?

»Ah, ihr sprecht gerade über Teresa. Hallo Ruth, du hast aber einen netten Freund. Guten Tag, ich bin die Diana. Wie die Lady Di. Sagt mal, die Teresa, das war doch die Freundin von dem Erstochenen, oder? Schlimm, gell. Und du als ihre beste

Freundin. Na, furchtbar. Also wenn du mal darüber sprechen willst, ich hör dir immer zu. Trinken wir zusammen ein Weißbier? Sagen Sie, sind Sie nicht auch ganz betroffen, dass er jetzt gestorben ist? Na ja, Nierenstich halt«, wandte sich Diana plötzlich an Hell.

Hell schaute kurz zu Ruth, um herauszufinden, wie er sich verhalten solle. Sie schaute ins Leere.

Seine Kiefer mahlten. Er entschloss sich zu einem »Frau Netzer, für die Unterschrift kommen Sie doch bitte ins Büro beim Gewerbehof.«

Ruth war froh, dass er sie aus dieser unguten Situation befreite. »Ja, ich hol noch meinen Ausweis«, sagte sie laut. »Tschüs, Diana, bis gleich.« Sie zahlte das Weißbier und legte einen Fünfer für den guten Platz drauf.

Sloraczny hatte inzwischen das Blatt mit den chinesischen Schriftzeichen vor sich liegen. Den Zettel hatte er voller Vorfreude gescannt, dann aber bemerkt, dass mit dem Scan nichts anzufangen war. Er konnte das Bild ja nicht im Online-Wörterbuch eingeben. Ungeduldig starrte er in den Computer. Dann rief er einfach bei der Münchner Universität an und verlangte das Institut für Sinologie. Er schilderte einem jungen Mitarbeiter dort das Problem und dass er mit dem Rollstuhl nicht wirklich »vorbeikommen« könne. »Ich bin behindert, wissen Sie.« Georg Sloraczny hatte nach einigen Minuten eine E-Mail-Adresse, an die er das Bild schickte. Fünf Minuten später hatte er die zwei chinesischen Zeichen in einem Format, das er in diverse Suchmasken eingeben konnte.

Die Umschrift der chinesischen Zeichen in lateinische Buchstaben spuckte »Lóng« und »Chén« aus. Das Wörterbuch verblüffte ihn:

»Den Drachen zur Schau stellen« war als Bedeutung ebenso möglich wie »viel zu alter Nylonstrumpf«. Das freute ihn irgendwie.

Dass keines der Zeichen »Yang« bedeutete, irritierte ihn eine Zeitlang. Dann tat er das damit ab, dass es vielleicht ein Künstlername sei. *Oder einfach ein Name, den wir Deutsche uns merken können*, dachte er. *Ein Pragmatiker wie ich.*

Er gab die Zeichen noch mal bei Google ein, viele chinesische Texte erschienen. Sloraczny machte weiter und kam schließlich auf ein paar YouTube-Videos. Er mochte diese Filmchen nicht besonders und klickte lustlos eines an. Es war verwackelt und unscharf. Keine Kommentare, die Kommentarfunktion war deaktiviert, sah er. Er klickte andere Links an, fand nichts mehr und kehrte dann doch wieder zu dem Video zurück.

Zwölf Minuten war es lang und es passierte nicht viel. Ein paar Leute übten eine Choreographie in Zeitlupe, *wahrscheinlich Taiji*, dachte Sloraczny, in einem Park. Er stellte den Ton ab, weil ihn das Rauschen nervte. Im Hintergrund schien eine Sportgruppe zu trainieren. Sloraczny erkannte nur, dass sie immer wieder hinfielen, aufstanden, in die Mitte gingen, wieder aus der Mitte katapultiert wurden und wieder hinfielen. Dann schaute er wieder auf die Taiji-Gruppe und verfluchte seinen Körper. Fast hätte er das Ende des Films verpasst. Nach den zwölf Minuten, in denen nichts geschah, endete das Video abrupt. Die letzten Sekunden erschien ein Foto eines jungen Chinesen in Mao-Kleidung. Darunter zwei chinesische Schriftzeichen. Sloraczny stoppte das Video und schaute auf seinen Zettel: Es war der Name des Hendlkochs. »Na ja«, sagte er halblaut zu sich selbst. »Bei so vielen Chinesen gibt es sicher viele, die so heißen.«

Zusammen traten Ruth und Hell vor die Tür des Weißbierzelts, es regnete noch immer.

Ruth lief durch den Regen das ganze Stück zurück zu ihrem Biergarten, kam durch den Notausgang in die Box von Kristina und merkte, dass hier auch nicht viel los war.

»Die Reservierungen kommen heute erst ab halb sechs«, rief ihr Kristina zu. »Fahr für mich zur Apotheke beim Bahnhof. Da ist eine Liste.«

Ruth nahm sich einen Schirm und ging zur U-Bahnstation. Es waren trotz des Wetters Unmengen von Leuten in Richtung der Bierzelte unterwegs. In der U-Bahnstation kamen ihr Menschenmassen entgegen. Viele in Tracht, eng geschnürt und herausgeputzt. Viele rote Gesichter.

In ihrer Fahrtrichtung war nicht viel los, und auch die Apotheke war leer. Die rezeptpflichtigen Medikamente bekam sie nach einem Blick auf ihr Kellnerinnen-Outfit anstandslos.

Beim Verlassen der Apotheke beschloss sie, zu

Fuß zurückzugehen. Sie überlegte, ob man sie auch als ganz normalen Menschen beschreiben würde, der nach dem Ende einer großen Liebe ein ganz normales Leben geführt hatte.

Natürlich nicht, dachte sie, *weil ja niemand von meiner großen Liebe weiß. Fast niemand. Und die, die dabei waren, wissen nicht, wie unglaublich diese Liebe war.* Und dass sie von ihr immer noch erfüllt war. *Ach Quatsch*, dachte sie weiter, *er erfüllt mich gar nicht mehr. Ich tue manchmal so, als ob ich ihm nahe wäre und dann kann ich diese siebenundzwanzig Tage so gut spüren, dass ich die ganze Welt umarmen könnte.*

»Mit ihm bin ich auch jetzt noch so leichtfüßig und so aufrecht unterwegs«, hatte sie einmal Teresa versucht zu erklären. »Mit ihm kann ich mich gegen alles wehren. Er verschafft mir immer noch Raum und Ruhe, Aufmerksamkeit und Andersartigkeit.«

Ian. Er hatte nie mehr den Kontakt zu ihr gesucht, nachdem sie ihn fortgeschickt hatte.

Ich hätte es mir aber so gewünscht. Ich war mir sicher, dass er wiederkommt. Ruth ballte die Fäuste.

Sie fluchte, als sie in eine tiefe Pfütze trat und sich ihr Schuh von oben mit Wasser füllte. Ob er noch lebte? Ob sie ihn noch erkennen würde? Vom Sehen sicher nicht, sie hatte nicht einmal ein Foto von ihm und sie konnte sich nur mehr an bestimmte Teile von ihm erinnern. Seine Stimme natürlich, alle seine Worte wusste sie noch, die Art, wie er rauchte und dabei einatmete, aber an seine genauen Gesichtszüge erinnerte sie sich nur noch schwach und verschwommen.

Siebenundzwanzig Tage. Davon waren sie sieben Tage lang mit dem Auto gefahren. Er hatte sich wunderbar wohlgefühlt, herumgefahren zu werden. Und wie hatte sie es genossen, ihn mit sich zu nehmen. Durch ihre Welt zu fahren und dabei seinen Geschichten zuzuhören. Mitten in den Bergen hatte sie gesagt: »Hier ist meine Mutter aufgewachsen.« Und war mit ihm in der Augusthitze durch das Dorf gestreift.

Am Abend hatte er ein Band eingelegt und sie gebeten gut zuzuhören. Nie vorher hatte sie ihre schlechten Englischkenntnisse so grässlich verflucht wie an diesem Tag. Der Refrain, bei dem er sie immer ansah, hieß entweder »Ich kann nicht ohne dich leben« oder »Ich kann mit dir oder ohne dich leben« oder »Ich kann mit dir und ohne dich nicht leben« oder sonst was.

Natürlich gab sie nicht zu, dass sie den Text nicht verstand, begann aber aus Verzweiflung darüber, dass sie vielleicht gerade die schönste Liebeserklärung ihres Lebens oder die kälteste Abfuhr ihres Lebens verpasste, zu weinen, was ihm wiederum als Antwort passend erschien. In all den Jahren hatte sie nie versucht herauszufinden, wie das Lied hieß. Wenn es im Radio gespielt wurde, verstand sie es weiterhin nicht.

Der nasse Fuß fühlte sich wie ein fremder Fisch an. Ruth erreichte die Theresienwiese.

Dort waren an einem Regentag um halb sechs

alle Zelte wegen Überfüllung gesperrt. Ruth registrierte die wachsende Aggression der erwartungsvollen, inzwischen klatschnassen Touristen, die vor verschlossenen Eingängen ausgesperrt blieben und die gar nicht verstanden, warum, und dementsprechend sauer waren. Sie vergrößerte den Abstand zu den Zelten, an denen sie vorüberging.

»Bonjour, Madame. Willkommen zu Hause!« Bora zog sie durch den Seiteneingang in die Box, nahm ihr den Medikamentensack und die warme Jacke ab und versteckte beides in ihrem Depot.

Ruth sondierte die Lage: Zu zweit ohne den Garten würde es ein unproblematischer Abend werden. Um acht würde sie Kristina heimschicken und ihr die Grippemedikamente mitgeben und bis zum Ende des Tages alleine arbeiten. Sie studierte kurz Kristinas groß geschriebene Notizen. Die meisten Gäste hatten sich für Hendl, Schweinebraten und Schweinshaxe entschieden. Ruth begann routiniert, die Zettel abzuarbeiten.

Die Musik wurde schon gefährlich laut, sie musste sich beeilen, wenn sie schneller sein wollte, als die Gäste trinken konnten und die Gänge verstopften.

Sie schnappte sich den Schlitten, klinkte sich in den Takt des »Knallroten Gummiboots« ein und eilte zur Bonkasse für die Hendl.

In der Warteschlange traf sie Rita, fragte sie, wie es nun sei in der Promi-Box und ob Promis da wären.

»Erkannt hab' ich noch keinen, aber die affigen sind wahrscheinlich Prominente«, lachte Rita.

»Stell' dir vor, drei Leute haben mich schon gefragt, wie viel ich hier verdiene. Frech, gell! Der eine hat den ganzen Abend gefragt.«

Ruth verdrehte die Augen und sagte: »Mit dem geht uns keiner mehr auf die Nerven: Kristina und ich würfeln uns am ersten Tag eine Zahl aus und bei jedem, der uns fragt, zählen wir 100 Euro dazu.«

Rita hörte mit verschränkten Armen zu und wiegte sich hin und her.

»Wenn einer fragt ›allein?‹, dann sagen wir, ›nein, zu zweit, was glauben Sie denn?‹ Und wenn uns einer fragt ›zu zweit?‹, dann sagen wir ›nein, allein, was glauben Sie denn?‹«, erzählte Ruth gleich in dem entrüsteten Ton, den sie dabei gewohnheitsmäßig anschlugen. »Das war schon die Methode von Kristinas Mutter«, erklärte sie.

»Aber ich bin so schlecht im Lügen«, seufzte Rita. »Ich kann nicht mal bei der Fahrscheinkontrolle in der U-Bahn eine Geschichte vorlügen.«

Ruth sah sie erstaunt an: »Du lügst ja nicht. Die Leute wollen ja gar nicht wissen, wie viel wir verdienen. Sie interessieren sich nicht für uns. Sie wollen sich nur in einem Gespräch mit den Leuten damit wichtigmachen, dass ihnen eine echte Wiesn-Bedienung gesagt hat, dass sie so und so viel verdient.«

»Ruth, du spinnst einfach«, stellte Rita fest.

Sie betrachteten eine Zeitlang das rhythmische Zerhacken der Hendl: »Und bei welcher Summe seid ihr gerade?« Ruth sagte es ihr und Rita lachte.

»Bei der Höhe steig' ich ein. Superidee. Danke!« Sie verschwand mitsamt ihren Hühnern.

Der Abend war so problemlos wie angenommen. Alle bekamen schnell ihr Essen. Kristina verkaufte massenhaft Bier und wollte sich nicht heimschicken lassen, obwohl sie furchtbar hustete.

»Ein ziemlich großer Tiger wohnt da in ihr drin«, flüsterte Bora Ruth zu, und zeigte ihr die Gänsehaut, die Kristinas letzter Hustenanfall bei ihm verursacht hatte.

»Die Neue erzählt überall rum, dass du heimlich mit dem Sheriff sprichst«, krächzte die Tigerstimme, als sie dann doch ging. »Sie hat es auch Wate erzählt. Mach dich also auf etwas gefasst.« Ruth beschloss, erst zu Hause zu überlegen, warum Diana den Polizisten enttarnt hatte und nicht er sie, wo dies doch sein Geschäft war. Und was war überhaupt Dianas Geschäft?

Sie konnte doch nicht *auch* ein Polizist sein, überlegte sie, während sie kurz überfordert davon war, alle Teller gleichzeitig abzuräumen und außer Tritt kam. Aber andererseits hatte sie schon vor ihr gewusst, dass Wolf tot war. *Sagt mal, die Teresa, das war doch die Freundin von dem Erstochenen, oder? Schlimm, gell*, hatte sie gesagt. Und zwar in einem ähnlich lässigen Ton wie Wolf selbst, wenn er schockierende Neuigkeiten ganz beiläufig erwähnte und sich dann darin sonnte, dass er sie als allererster wusste und alle mehr von ihm erfahren wollten.

Wenn zwei ähnlich sprechen, heißt das oft, dass

sie sich kennen, überlegte Ruth. War Diana vielleicht auch eine Liebschaft des Summerer gewesen? Aber was machte sie dann im Bierzelt?

»Das ist ja heuer richtig billig! Haben Sie sich nicht vertan? Rechnen Sie lieber noch mal nach, hier«, polterte der Chef der Rechtsanwaltskanzlei, dem sie gerade die Rechnung für den Abend gemacht hatte. »Ich bin ehrlich gesagt nicht mehr in der Lage dazu. Oh, Entschuldigung.« Er hatte gerülpst.

Ruth warf einen Blick auf die Rechnung und die Größe der Reservierung. Die fünfzig Gäste hatten ordentlich konsumiert und die Rechnung war hoch. Sie überschlug den Umsatz. »Das passt schon.«

»Voriges Jahr habe ich doppelt so viel bezahlt«, regte sich der Gast auf. »Bin ich da beschissen worden?«

Ganz sicher, dachte Ruth. »Sicher nicht«, sagte sie stattdessen freundlich.

»Wahrscheinlich erinnern Sie sich nicht genau«, beruhigte sie ihn. Er krakelte ihre Bedienungsnummer auf die Rechnung.

»Nächstes Jahr komm' ich wieder zu euch. Da habt's was.« Die zusätzlichen Scheine gingen über die zehn Prozent Trinkgeld weit hinaus.

»Danke. Auf Wiedersehen.«

Auf dem Heimweg sah sie Diana von hinten, sie stand beim Käfer-Zelt und trank mit Leuten Sekt. Sie war Teresa überhaupt nicht ähnlich und Ruth hasste den Summerer noch mehr. Sie wollte ganz schnell heim, fand den Gedanken an die überfüllte U-Bahn furchtbar und hielt ein Taxi auf.

Mittwoch

Toller Morgen!« Lisa betrachtete ihre nebelfeuchten Haare im Fensterglas der Eingangstür. Ruth war seit halb neun im Bierzelt, damit sich Kristina auskurieren konnte. Sie putzte den Service und richtete alles her. Kein einziger Security-Mann war zu sehen.

»Alle bei der Polizei«, sagte Lisa.

Ruth zündete sich eine Zigarette an. Sie war sich manchmal gar nicht mehr sicher, ob es Ian überhaupt wirklich gegeben hatte. Ob sie nicht nur sein Trugbild herbeigesehnt und sich Tagträumen hingegeben hatte.

»Es ist so, als ob ich ihn mir buchstäblich herbeigewünscht hätte und jetzt ist er da«, hatte sie damals Teresa erklärt und dabei deren hochgezogene Augenbrauen einfach ignoriert. »Jetzt überrascht er mich natürlich, weil ich nie von einem Soldaten geträumt habe, aber es kommt mir überhaupt nicht verkehrt vor. Es passt so gut.« Teresa, deren Augenbraue weiterhin hochgezogen geblieben war, hatte den Kopf geschüttelt.

»Ian und du, ihr macht einem direkt eine Freude«, hatte sie gesagt. »Wenn ich euch zusammen sehe, fühle ich mich besser als sonst«, hatte sie fortgesetzt. »Wenn ich euch sehe, kommt es mir vor, ich könnte wie ein kleiner Vogel fliegen. Aber«, und die Augenbraue, die sich schon fast auf ihr angestammtes Niveau begeben hatte, war wieder hochgezogen worden. »Aber ...«

»Aber es gibt ja sicher bald was, gell!« Ruth wurde von einer lauten Männerstimme aus ihren Gedanken gerissen und blickte von ihrem Tisch auf, an dem sie offensichtlich minutenlang herumgewischt hatte. Die Sonne war inzwischen herausgekommen, es war sogar schon ein wenig warm und an ihren Tischen hatten sich bereits mehrere Grüppchen niedergelassen. Mittwochvormittags war normalerweise gar nichts los, aber die Sonne lockte jetzt Gäste herbei.

Ruth arbeitete die Tische der Reihe nach ab, es waren lauter nette Leute. Der Mann mit dem Florian-Linden-Krimi war auch wieder da.

»Ist ein gutes Buch, oder?«, sagte sie beim Kassieren.

»Nein«, unterrichtete er sie und zeigte ihr, dass der bunte Umschlag ein ganz anderes Buch schützte.

»Aber dann eben sehr wertvoll?«, wollte sie wissen.

Das alte Buch lag wieder auf einer Zeitung.

»Etwa zwanzig Euro im Antiquariat«, sagte er. Ruth war gut aufgelegt. Sie blieb einfach neben ihm stehen, nestelte ein wenig an ihrer Geldbörse herum und schaute ihn erwartungsvoll an.

Er gab schnell auf und seufzte: »Es ist etwa hundertsechzig Jahre alt. Es ist von Sir Walter Scott. Es ist ein wenig langatmig und vollkommen humorlos.« Jetzt lächelte er richtig. »Ich habe es vor vielen Jahren bekommen. Und manchmal setze ich mich genau an die Stelle, an der es mir mein Freund gegeben hat und lese darin.«

Ruth hatte im Augenwinkel den Polizisten Hell entdeckt, der in ihre Richtung schlenderte, zögerte und auf ihr Winken zu dem Tisch kam.

»Ideale Tischnachbarn«, stellte sie die beiden einander vor.

»Kann ich noch Ihre Lieblingsstelle hören?«, fragte sie den Herrn mit dem englischen Buch. »Die ist aber Französisch«, sagte er. »Es ist das Motto, das Scott dem Buch vorangestellt hat: ›La guerre est ma patrie, on harnois, ma maison, et en toute saison‹«, las er vor. »›Combattre c'est ma vie‹«. Er machte eine Pause. »Der Krieg ist meine Heimat, meine Rüstung und mein Zuhause«, deklamierte er mit dünner Stimme. »Oder so ähnlich halt.« Er räusperte sich.

»Der Satz passt ja wie angegossen zu Frau Netzer«, knurrte Hell und bestellte mit einer Geste auf einen anderen Tisch Mineralwasser. »Die Arbeit hier ist Ihr Zuhause, nicht wahr?«

»Nein«, sagte Ruth und ging gewappnet zur Tagesroutine über. Mittagessenszeit. Sie spähte ins Zelt und sah erleichtert Kristina in der Box, die sich fertig für die Arbeit machte.

Der Biergarten war bald knallvoll und sie hatte mit Kristina zusammen alle Hände voll zu tun. Wate ignorierte sie weitgehend. Die Kanzleien und Firmen aus der Umgebung kamen gerne zum Mittagessen an der frischen Luft her, wollten aber immer rechtzeitig wieder weg und wurden nervös, wenn sich der Ablauf verzögerte. »Hallo, zahlen!«, rief ein Anzugmann.

»Der ›Hallo‹ ist schon lang g'storben«, brummte Kristina und nahm in aller Ruhe eine Bestellung am Nachbartisch entgegen.

»Mitleid!«, rief Bora im Vorbeigehen und verdrehte die Augen. »Wir müssen wieder ins Büro, Zeit ist Geld!«, deklamierte er schauspielernd. Kristina erbarmte sich und kassierte gnädig. Ruth sah ihr lächelnd zu.

Der Polizist und der Mann mit dem englischen Buch waren noch da, sie unterhielten sich gerade über Fußball. »Kein Titel für den FC Bayern dieses Jahr.« Ruth setzte sich dazu, rauchte und überprüfte ihre Zettel und Strichlisten. »Für mich liegt es daran, dass sie sich falsch positioniert haben«, sagte Hell gerade als Antwort auf etwas, das der andere Herr gesagt hatte. »Ich bin Club-Fan. Da ist es nie langweilig.«

»Das hat der Summerer auch gefunden«, mischte sich Ruth ein, den Blick immer noch auf ihrem Rechenwerk.

»Klar, er war ja Sportreporter.«

»Mhhhm«, Ruth erinnerte sich, wie sie Teresa mal im Spätsommer getroffen hatte und alle zusammen in einem Wirtshaus gegessen hatten. Die beiden Frauen hatten einander viel zu erzählen gehabt und Wolf hatte sich dem Wirt zugewandt: »Also, ich finde ja Magath mit *diesem* Vertrag echt überbewertet«, hatte er laut in dessen Richtung gesagt. Weil zu diesem Zeitpunkt noch niemand gewusst hatte, dass es überhaupt einen Vertrag gab, hatte sich das Interesse der gesamten Stube auf ihn gerichtet. Alle hatten wissen wollen, woher er das wisse und wie hoch der Vertrag ausgefallen sei und welche Klauseln darin stünden. Ruth hatte die Augen vor so viel Eitelkeit verdreht. Teresa hatte gekichert.

»Was schauen S' denn so, Frau Netzer?«

Ruth schüttelte sich. »Wissen wir schon, wer es war?«, fragte sie zurück.

»Bis jetzt hat Ihr Schenker hier immer noch das beste Motiv«, sagte Hell.

»Na, dann könnten Sie eigentlich den Sicherheitsdienst in Ruhe lassen«, meinte sie gereizt.

»Aber bitte, das mach' ich doch eh nur für Sie und den alten Herrn zur Entlastung«, grinste Hell und hoffte auf charmante Wirkung. »Wir durchleuchten jetzt die gesamten Security-Mitarbeiter. Der Summerer hat ja auf vielen Hochzeiten getanzt und überall sorgt jemand für Sicherheit.«

Ruth hörte ihm noch halb im Weggehen zu, klinkte sich wieder in den Rhythmus des Bierzelts ein, versank in vollkommener Routine und ließ sich nicht einmal beim Kassieren herausreißen.

Sie hatte schon am Morgen gespürt, dass heute ein Tag war, an dem sie Ian ganz nahe kommen könnte. Und so unterdrückte sie ihre Gedanken nicht, als ihr während der Arbeit warm wurde und das Herz aufging. Der Polizist jedenfalls sah ihr noch länger bei der Arbeit zu und fand, dass sie mit Voranschreiten des Nachmittags immer schöner wurde.

Ruth bewegte sich wie in Trance mit ihren schweren Tabletts und dem Bier durch den Biergarten und schenkte den Gästen ein abwesendes Lächeln, das einige bezauberte.

Ian, wie er sie beschützen hatte wollen. Ian, wie er sie begeistert angeschaut hatte. Ian, wie er sie festgehalten hatte, als sie fassungslos im Fernsehen den Brand der Bibliothek von Sarajevo sahen. Und obwohl es nun wirklich schon sehr lang her war, konnte sie dieses Gefühl jederzeit abrufen, wenn sie es brauchte. *Ich kann mich jetzt in diesem Saustall liebenswert fühlen, weil er mich mal liebenswert gefunden hat*, dachte sie, erstaunt, dass es immer noch funktionierte, während sie einem Gast in Ginas Service zusah, der in seinen Schoß erbrach. *You look like a cat who stole the cream*, hatte er ein paar Mal gesagt, und sie gefragt, ob sie an diesem Tag besonders gut verdient oder einen guten Deal eingefädelt hatte. Sie hatte darauf geheimnisvoll gelächelt und ihm verschwiegen, dass er der gute Deal war. Dass fast alles, was er sagte, für sie ein wertvoller Schatz war. Er hatte ihr gesagt, dass sie ein so freundliches Wesen sei, dass ihm ganz warm werde.

Seitdem bin ich erst ein freundlicher Mensch, wusste sie. *Vorher war ich überheblich und arrogant*. Ihre Gedanken vagabundierten weiter in die Vergangenheit. *I love your smile*. *Sein* Lächeln hingegen war nie entspannt.

Als er weg war, war sie bodenlos enttäuscht gewesen, dass er sie allein gelassen hatte, das gemeinsame Lachen und Staunen nicht um einen Tag verlängern wollte. Sie hätte sich so gern an mehr erinnert.

»Weniger ist mehr«, lachte der Gast gerade schenkelklopfend über irgendeinen Witz. »Bringst uns halt noch a Runde Schnaps.«

Sein Gesicht hatte sich gut angefühlt, erinnerte sie sich und spürte dessen Härte. Der Kiefer immer angespannt. Immer wieder Staunen, wenn er sie küsste. Sie hatte immer Lust zu lachen, wenn sie sich küssten. Vorsichtig hatte sie darauf geachtet, dass er ihr nicht sein ganzes Herz schenkte, dass für ihn selbst noch was übrig blieb.

»Darfst mir noch eins bringen!«

Es schien ihm unerträglich gewesen zu sein, geliebt zu werden. Um Liebe muss man kämpfen. *I am a fighter.* Ruth schüttelte den Kopf. Um ihn zu vertreiben, hatte sie ihm nur mehr zeigen müssen, wie sehr sie ihn begehrte und weg war er gewesen.

»Geh, bitte mach du den Vierertisch. Die sind un-er-träg-lich.« Kristina war den Tränen nahe, umarmte sie kurz, küsste sie auf den Hals. Der Tisch Nummer vier in der Box war voll von Italienern. Was wollten die denn hier? *Es ist ja noch gar nicht Italienerwochenende.* Wie hatten sie nur den reservierten Tisch ergattert? Wie hatten sie Kristina entnervt? Das Reservierungsschild war jedenfalls weg.

»Olé, olé, olé.« Sie schrien einander ununterbrochen an. Standen auf, animierten die Nachbartische begeistert und setzten sich wieder. Während der eine sein Gesicht ganz knapp vor ihrem platzierte und sie mit Bieratem anbrüllte, sie sei »bellissima«, schüttelte ein anderer, ein kleinerer, ihren Oberarm und schrie sie heiser von der Seite an, sie sei »bellissima«. Er stank. Er musste sich kurz vorher übergeben haben und griff ihr mit nasser Hand ins Gesicht.

Rulfo, der gerade wieder als »Che« hinter ihr her gewesen war, schob sich dazwischen.

Ihr fiel ein, wie sehr sie sich im Urlaub in Italien immer an der Direktheit und Unkompliziertheit der Italiener erfreut hatte. Umgekehrt stand wahrscheinlich in den italienischen Reiseführern über München, dass man sich hier wie die Sau aufführen konnte. *So wie unsere sich am Ballermann aufführen*, dachte sie.

Dass sie die Einzigen sind, die sich so verhalten, merken sie gar nicht. Und wenn sie zu Hause sind, erzählen sie, wie saumäßig man sich hier benehmen kann.

Sie seufzte und holte die Security. Pfeiffer wäre sicher der Meinung, man sollte ihnen noch eine Runde Bier verkaufen, aber Ruth ließ sie rauswerfen und holte sich ein neues Reservierungsschild aus dem Büro.

Kristina hatte die Hände in die Hüften gestemmt und sprach auf die beiden Männer ein, den Polizisten und den Mann mit dem schottischen Buch, die immer noch auf ihrer Bank saßen. Ruth ging zu ihnen, schickte Kristina nach Hause. Es tröpfelte wieder leicht. Das Geschäft im Garten war vorbei. Kristinas Atemwege brauchten Wärme und Ruhe.

Ein Schwarm junger Frauen erhob sich. Er kam auf sie zu. Gina löste sich aus der Gruppe und stellte Ruth vor: »Das ist eine Kollegin meiner Mutter.«

Die Mädchen schauten sie ehrfürchtig an: »Wir haben gerade darüber gesprochen, wie sehr wir euch bewundern«, haspelte eine von ihnen aufgeregt. »Die schwere Arbeit. Also, das könnte ich nie!«

Gina war ein wenig peinlich berührt. »Das sind Sarah und meine anderen Studienkolleginnen«, sagte sie.

»Ich schreibe gerade eine Seminararbeit über sexuelle Belästigung«, platzte Sarah aufgeregt heraus. »Da können Sie ja sicher ein Lied davon singen.«

»Das hättet ihr wohl gern«, sagte Ruth freundlich.

Ruth setzte sich neben Hell. Der unterhielt sich mit Alfons, der am Nebentisch saß.

Sind Sie nicht auch ganz betroffen, dass er jetzt gestorben ist? Die Neue und ihre triumphierende Unterbrechung beim Weißbiertrinken tauchten in ihren Gedanken auf, dann die Fußballgeschichten.

Also, ich finde ja, Magath mit diesem Vertrag echt überbewertet.

Sind Sie nicht auch ganz betroffen, dass er jetzt gestorben ist?

Also, ich finde ja, Magath mit diesem Vertrag echt überbewertet.

Dann dauerte es noch ein paar Minuten, bis die Verbindung entstand, dass der Summerer und Diana ihre Neuigkeiten im gleichen triumphierenden Tonfall verkündet hatten.

Die Neue ist von der Zeitung, wurde Ruth klar. Leute von der Zeitung, das wusste sie von Wolf, wollten Geschichten an die Öffentlichkeit zerren.

Sie redeten mit Leuten, fanden harmlose Dinge heraus, zeigten sich schamlos verständnisvoll. Und dann war man plötzlich mit billigen Fotos in der Zeitung. Und im Internet. Ruth wurde schlecht.

Donnerstag

Der Wetterbericht im Radio hatte Sonne versprochen, um acht Uhr war es auf der Theresienwiese aber noch neblig, feucht und vor allem empfindlich kalt.

Lisa und Maria setzten sich zu Ruth in die Box, um Kaffee zu trinken. Ruth holte eine Packung Kekse für alle aus ihrer Tasche und fragte Maria endlich, was denn nun mit ihrem Bauch los sei.

»Die Leute sind so deppert«, lachte Maria. »Schau mich an! Alle fragen mich, ob ich schwanger bin.«

»Du siehst wirklich schwanger aus«, sagte Ruth.

»Ich bin dreiundsechzig«, sagte Maria, als ob das Erklärung genug wäre.

»Und jetzt gibt es ja Frauen in deinem Alter, die sich Eier einsetzen lassen.«

»Die sind ja noch depperter«, schimpfte Maria. »Was ich habe, kennt kein Mensch. Es ist aber eh nicht ansteckend.«

»Und wie heißt es?«

»Es heißt Goschee«, berichtete Maria. »Man sieht schwanger aus, weil irgendwelche Zellen andere abgestorbene Zellen nicht fressen können – sie sammeln sich ausgerechnet in der Leber an. Kannst dich noch erinnern, wie mir voriges Jahr die Knochen in den Beinen so wehgetan haben? Der Arzt hat damals gesagt, Knochen können nicht schmerzen, das sind die Muskeln, bei *der* Arbeit kein Wunder, hat er gesagt. Aber es waren

Knochenschmerzen und die sind ein Symptom von diesem Goschee. Zu Weihnachten hab' ich dann Zahnfleischbluten gehabt, dass mir die Keks' gar nicht geschmeckt haben. Und wie ich dann auch noch so oft Nasenbluten gehabt habe und der Bauch angeschwollen ist, hab' ich ein Testament geschrieben und bin ins Krankenhaus gegangen.«

Ruth wollte etwas sagen, sagte aber dann doch nichts und machte ihren Mund wieder zu.

»Schau nicht so, als ob ich Krebs hätte. Das Beste ist nämlich: Es geht wieder weg. Ich krieg jetzt drei Jahre Hormone und dann bin ich wie vorher. Aber frage nicht, was ich mir von den depperten Gästen anhören muss. Von jedem, der mir auf den Bauch schaut, habe ich am Samstag gleich einen Zehner verlangt ›für die Zwillinge‹. Am Sonntag haben es dann schon meine Stammgäste von den anderen kassiert. Sogar die Italiener haben gezahlt.« Maria kicherte. »Bei euch herinnen ist es zwar schön warm, der Kaffee ist aber nicht zum Saufen. Ich hol uns einen guten Kakao von meiner Freundin im Schokostand, der Karin.« Sie nahm Lisas Arm von ihrem, stand auf, schüttete den Rest ihres Kaffees aus der Thermoskanne bei der Tür hinaus und schnaufte aus der Box.

»Arbeitet Marias Tochter eigentlich noch in dieser Anwaltskanzlei?«, fragte Ruth Lisa.

»Ja leider, der Hungerslohn ist eine Schand'.«

»Aber der Anwalt schreibt ihr doch ihre Briefe«, vergewisserte sich Ruth. »Für die Versicherung, und den Einspruch damals hat er ihr doch auch gemacht.«

»Das ist ja wohl das mindeste, solche Briefe sind für den ja nur eine Arbeit von fünf Minuten. In fünf Minuten haut er das raus!«

Nachdem Maria zurück war und jeder eine Tasse voll Kakao eingeschenkt hatte, nahm Ruth sich eine Lucky Strike aus der Packung und erzählte Maria, was sie von der Kollegin Diana wusste. Maria hatte noch nicht gewusst, dass die Neue von der Zeitung war. »Die ist mir von Anfang an komisch vorgekommen. Schleicht sich da ein und sagt nicht, wer sie ist. Ausg'schamt.«

»Wie werden wir sie los?«, fragte sie in die Runde. »Sagen wir es dem Pfeiffer?«, überlegte sie. »Der will sicher keine von der Zeitung da haben.«

»Der Pfeiffer kennt doch die alle von den Zeitungen«, sagte Ruth. »Die Chefs sitzen doch immer in der Promi-Box.« Dann begann sie von ihrem Plan zu erzählen.

Maria starrte ein paar Mal auf ihren Bauch und fragte: »Meinst, ist die wirklich so blöd? Und wie viel Tausender bringt das ein, sagst du? Na, dann trag ich mal ein wenig Lippenstift auf«, grinste sie.

Sie standen abenteuerlustig auf. Ruth hopste an Wate vorbei: »Die sind wir bald los!«, zwitscherte sie ihm zu.

Sie suchte Diana und sah sie in einer Ecke mit Bora flirten. Bora meinte gerade lässig, dass sie beide ja zu ihm nach Hause »gleich um die Ecke« gehen könnten. »Netter Versuch«, sagte sie erhitzt. Er lachte sie an.

Diana wurde unsicher und ging mit der vorbeigehenden Ruth mit. Ruth zündete sich die zerknüllte Zigarette an und fragte: »Hast du zufällig eine Kamera dabei? Mein Handy ist gestern nass geworden und Maria hat ihres gar nicht mit.«

»Klar, in meiner Tasche.«

»Kannst du bitte ein Foto von Maria knipsen? Und es vielleicht auch ausdrucken lassen? Sie ist ja schwanger und möchte dem Kind später mal ein Foto zeigen, wie sie in der Schwangerschaft auf der Wiesn ausgesehen hat.«

»Die ist wirklich schwanger?«, fragte Diana aufgeregt. »Das ist doch verboten, dass sie so schwer arbeitet.«

»Aber sie braucht doch jetzt gerade das Geld«, sagte Ruth. »Und der Wolf, weißt schon, der Erstochene, kennt doch den Festwirt und der hat eben ein Auge zugedrückt. Dafür kommen dann eben die Sportstars wieder in unser Zelt. Das ist halt eine schöne Presse.«

»Was hat denn der Erstochene mit der Maria zu tun?«, fragte Diana erregt.

»Na, er war doch der Vater, warum glaubst, hat die Maria die roten Flecken um die Augen, seit das passiert ist.«

»Was, der hat mit der alten Maria …!« Diana sah so ungläubig drein, dass Ruth schon befürchtete, sie würde es nicht glauben.

»Alt?«, fragte sie und tat beleidigt, »Ich bitt' dich, sie ist vier Jahre älter als ich. Und die Teresa war ja nicht mehr da.«

»Die ist doch nicht nur vier Jahre älter als du.«

»Doch, aber sie schaut halt nicht so auf sich wie wir zwei, gell. Wurscht, es geht eh nur darum, dass ein Foto gemacht wird. Das, was ich dir jetzt gesagt habe, sagst auf keinen Fall weiter!«

Grimmig sah Ruth zu, wie Diana nach dem Foto, bei dem Maria dämlich grinsend posiert hatte, mit Lisa eine Zigarette rauchen ging und danach bei Wate nachforschte, der sie aber nur verächtlich ansah.

Diana war sich nicht sicher. Alle außer Ruth hatten die Sache zu Blödsinn erklärt, aber hatten es Lisa und Maria nicht geradezu auffällig abgestritten? Beide hatten so nervös gewirkt. Ganz anders als die erdige Direktheit, mit der Diana sie kennengelernt hatte.

Wolf war ein attraktiver Mann gewesen, Lisa hingegen sah wirklich alt aus. Andererseits war es glaubhaft, dass er in seiner Trauer um Teresa einfach mit irgendeiner Bedienung geschlafen hatte, *wahrscheinlich vollständig besoffen*, stellte sich Diana vor. Die Sache erschien ihr nicht ganz unglaubwürdig, trotzdem hätte sie die Geschichte wahrscheinlich nicht veröffentlicht, wenn sie die Fotos nicht gemacht hätte. Donnerstag zu Mittag hin regnete es und sie konnte unauffällig aus dem Biergarten verschwinden. Sie fuhr in die Redaktion. Dort holte sie sich die drei Fotos auf den Schirm und sah sie immer wieder an. Sie schönte ein wenig an Lisas Gesicht herum und die Geschichte erschien ihr immer wahrscheinlicher. Sie rief noch eine Kollegin von der Zeitung an, bei der

Summerer gearbeitet hatte und plauderte mit ihr über verschiedenes, natürlich auch über den Summerer und hörte, dass er im Sommer oft betrunken war. »Dann ist er mit jedem Rock mitgegangen.« Magisch angezogen von dem Foto und der Vorstellung davon, wie dies auf Seite eins oben aussehen würde, tippte sie ihre Geschichte und schickte Text und Bild mit einem energischen Tastendruck ihrem Chef.

Der Nieselregen hielt an. Alfons und Rulfo tauchten am frühen Nachmittag auf. Sie gingen ins Zelt und stellten sich so auf, dass sie Yang sahen. Dann verglichen sie ihn mit dem Video, dessen Link ihnen Sloraczny geschickt hatte.

»Zefix, ich kann nicht sagen, ob er es ist«, fluchte Alfons. Minutenlang ließ er seinen Blick zwischen dem Handy-Monitor, auf dem das Standbild vom Ende des Videos zu sehen war, und Yang, der Hendl zerhackte und zwischendurch »Hühne!« schrie, schweifen. Yang hatte seine weiße Kochjacke an, auf dem Kopf eine Kochhaube. »Sein Gesicht sieht aus wie das von allen anderen Chinesen«, flüsterte Alfons verzweifelt.

Rulfo war fasziniert. Er hatte bemerkt, dass Yang einen Spieß mit der linken Hand zerhackte (»Linkshänder« hatte er sich schon notiert) und den nächsten Spieß mit der Rechten. »Er hat rechts und links die gleiche Kraft und die gleiche Präzision«, sagte er. »Wie eine Figur in einem Game«, grinste er über seinen Vergleich.

Er schnappte sich von Alfons das Telefon und ging damit zu dem Hendlkoch. »Hallo, Yang«, sagte er zur Begrüßung. »Sind Sie das? Es steht Ihr Name dabei.«

Yang warf einen ganz kurzen Blick auf das Bild von dem jungen Mann. »Nein«, sagte er dann. »Viele Leute sind in China. Viele Leute heißen gleich.«

Jemand schnappte sich das Telefon von Rulfo. »Stören Sie hier nicht die Betriebsabläufe!«, sagte ein ein Meter Fünfundneunzig großer Schrank zu ihm. »Sei nicht lästig«, schnauzte er Rulfo dann an. »Niemand wird fotografiert, niemand wird angequatscht. Klar?«

»Klar«, sagte Rulfo automatisch und ließ sich von der Security hinaus in den Nieselregen führen.

»Was war das denn jetzt?«, fragte Alfons, der mitgekommen war.

»Habt ihr randaliert?«, fragte Hell, der plötzlich neben ihnen stand. Alfons wich zurück. »Mann! Sie können einen erschrecken.«

»Wir haben nur mit dem Koch geredet«, erzählte er empört. »Schauen Sie, der Mann hier heißt genauso wie er.« Er riss – immer noch aufgeregt – nun seinerseits Rulfo das Handy aus der Hand.

»Er sagt, er ist es nicht. Schauen Sie mal, ist das der Koch oder nicht?« Hell brauchte nur kurz hinzusehen, um zu wissen, dass es sich um die gleiche Person handelte.

»Seht ihr das nicht?«, fragte er ungeduldig. Beunruhigt sah er das riesige Messer, mit dem Yang hantierte. *War das schon wieder eine undurchsichtige Figur?* Er stöhnte.

»Setzen wir uns doch hin, der Regen hört gerade auf.«

Kristina kam herbei und wischte einen Platz für die Gruppe trocken. »Was trinken wir?«, fragte sie aufmunternd.

»Da ist ein Feuerzeug, ihr könnt euch einen Heizpilz anmachen«, bot sie nach dem Kassieren an.

»Sind Sie sicher, dass er es ist?«, fragte Alfons gerade schon wieder. »Wie erkennen Sie so etwas? Für mich sehen er und der auf dem Foto auch gleich aus. Aber eben auch wie alle anderen Chinesen.«

»Wahrscheinlich sogar wie alle anderen Asiaten«, sagte er bedrückt.

»Reine Routine«, winkte Hell lässig ab. Sein Vater hatte ihn schon als Kind darauf gedrillt. *Wer ist beim Einkaufen hinter uns gestanden? Mann oder Frau? Beschreibe sie!* Dabei hatte er ihn manchmal ziemlich unter Druck gesetzt. *Du würdest sie nicht wieder erkennen? Wir sind tot, Agent 007!*

Hell schaute sich das Video an.

Es war ihm klar, dass es so verwackelt war, weil jemand heimlich gefilmt hatte. Aber was? »Da sieht man nichts. Was machen die Leute hier?«, fragte er sich selbst halblaut.

»Wie seid ihr auf ihn gekommen? Was wisst ihr über ihn?«, fragte er forsch.

Rulfo strahlte, während Alfons seinen Notizblock herausholte.

»Sind Sie Polizist?«, fragte Rulfo begeistert.

Hell war leicht irritiert. Normalerweise stieß sein Beruf auf weniger Freude. »Ich bin Kommissar Hell«, sagte er sachlich. »Erzählt mir alles über den Koch!«

»Wir wollen ihn aber nicht in Schwierigkeiten bringen«, sagte Alfons, nachdem er sorgfältig seine Notizen gemacht hatte. »Er hat uns seinen Namen auf Chinesisch aufgeschrieben und wir haben das Video gefunden«, fuhr er fort.

»Eigentlich hat es der Rollstuhlfahrer gefunden, der auch öfter hier ist«, verbesserte Rulfo.

»Bei einer Milliarde Einwohner müssen ja welche gleich heißen. So viele Vornamen und Familiennamen gibt es gar nicht. Der Security-Typ ist sowieso viel verdächtiger«, sagte Alfons. »Er hat Rulfo ohne Grund hinausgeworfen!« Alfons war immer noch empört.

Hell hatte den Mitarbeiter des Sicherheitsdiensts schon kennengelernt und fand, dass dieser für sein Kampfgewicht und für seinen Beruf ein kluger, ruhiger Mann war.

Er musste sich bewegen, sah auch, dass Ruth gerade kam und stand auf. »Das war's für mich für heute.«

Damit er zufällig Ruth beggnen konnte, musste er noch mal bei der Hendlküche vorbei. Yang hatte den Blick ausnahmsweise nicht auf seine Arbeit gerichtet. Hell sah, wie er jemandem zunickte. Er folgte der Richtung und bemerkte erstaunt schon wieder den Security-Mann, der seine Hände vor seinem Herzen zusammengelegt hatte und sich vor dem Koch wettkampfmäßig verneigte.

Ruth stand mit einem Schirm in der Hand beim Haupteingang zum Biergarten und schien auf jemanden zu warten.

»Es ist so weit«, brüllte Kristina sie von hinten an, als Hell gerade auf sie zusteuerte. »Was stehst denn da herum, bei mir essen sie jetzt.«

Ruth spürte Unmut in sich aufsteigen, ließ ihn dann aber wieder verpuffen, es wurde hier eben viel geschrien. In Kristinas Box wurde jetzt also gegessen. Die beiden gingen Richtung Box. Kommissar Hell ging nach Hause.

In Kristinas Box saßen etwa hundertachzig Leute. Sechzig davon, an sechs Tischen, gehörten Kristina, den Rest teilten sich drei Kolleginnen. Kristina hatte zwei Tische mehr als die anderen, also fünfzig Prozent mehr Umsatz. »Wahrscheinlich geht sie mit dem Pfeiffer ins Bett«, war die allgemeine These dazu. Ruth wusste nur, dass der Deal zwischen Kristina und Pfeiffer in einer kurzen Verhandlung in genau dieser Box ausgemacht worden war. Kristina hatte nie ihren Trumpf verraten und Pfeiffer tat natürlich immer so, als sei er mit Kristina ins Bett gegangen.

Diana war auf ihrem Heimweg furchtbar mulmig geworden. Die Geschichte mit Marias Schwangerschaft kam ihr plötzlich ganz dumm vor. Sie rief noch in der Redaktion an, um die Geschichte zurückzunehmen. Aber das Blatt war schon im Druck.

Im Nachhinein verstand sie nicht genau, was ihr da eigentlich passiert war und warum die Frauen im Biergarten so böse auf sie gewesen waren.

Sie schwächte jedes Mal, wenn in Gesellschaft die Sprache darauf kam, die Geschichte mit dem Hinweis ab, dass die Bedienungen ja die Folgen ihres üblen Scherzes gar nicht abschätzen konnten.

»Aber geh, die Weiber haben dich reingelegt und du bist zu arrogant, um es zuzugeben«, dröhnte dann ihr Ressortchef, wenn er dabei war. Er sagte das auch immer wieder in der Redaktion, besonders wenn viele Kollegen da waren, mit seiner Hand auf ihrem Hintern.

Mei, dass das schon mal passieren könne, er ihr aber wegen der finanziellen Sache nicht gleich wieder einen Vertrag geben könne. »Aber Geschichten für die hinteren Seiten, darf sie auf Honorarbasis schon machen, wenn sie brav ist.«

Italienerwochenende

An viel von diesem zweiten Wiesn-Wochenende konnte sich Ruth danach nicht mehr erinnern.

Prachtwetter, brechend voller Garten, Samstag und Sonntag von acht Uhr Früh bis elf Uhr abends durchgearbeitet, ohne Pause. Massen von Italienern wurden aus Bussen gespült und warteten ab acht Uhr vor den Zelteingängen, um nach dem Einlass und einem eroberten Tisch in lautes Gebrüll auszubrechen, das bis zum Abend nicht nachlassen würde.

»Hochschwangere Wiesn-Bedienung, in Klammern sechzig«, hatte Pfeiffer am Morgen aus der Zeitung vorgelesen. Er hatte die Zeitung auf den Tisch vor Maria geknallt.

»Hau ab.«

Maria packte ihre Sachen. Alles wie geplant. Erstaunt bemerkte sie, dass sie weinte. Dann war der Festwirt selbst vorbeigekommen und hatte Pfeiffer beiseitegenommen: »Lass sie in Ruhe, die ist aus meinem Ort!« Maria band sich also die Dirndlschürze wieder um und packte ihre Tasche wieder aus.

Der Anwalt des Festwirts hatte per Mail vom Herausgeber der Zeitung einen Widerruf auf Seite eins auf gleicher Position und in gleicher Größe gefordert, die Mail traf zeitgleich mit der Mail des Anwalts ein, bei dem Marias Tochter arbeitete.

Die Zeitung reagierte auf beide Schreiben mit einer Entschuldigung, zeigte sich besonders um den guten Ruf der Bedienung besorgt und stellte eine großzügige finanzielle Abgeltung des entstandenen Schadens in Aussicht, falls die Geschädigten auf den Widerruf auf der Seite eins verzichten würden. »Also, jetzt könnte mich der Pfeiffer drei Jahre lang rauswerfen«, sagte Maria, nahm das Angebot an und die Zerstörung ihres Rufs in Kauf.

»Was, schon wieder eine Neue«, wunderte sich Kristina. »Christa« las sie auf deren Namensschild. »Bist du statt der Diana da, oder?«

»Warum kommen nicht die netten Italiener?«, fragte Sophie stündlich. »In Italien gibt's so nette und zu uns auf die Wiesn kommt so a Gschwerl. Vertragen kein Bier, kotzen alles voll, sind arrogant und geben kein Trinkgeld. Ich lass bei mir gar keine hinsetzen.«

»Was muss ich hören?« Der Festwirt selbst war vorbeigekommen und hatte Sophies Worte vernommen.

»Alle herkommen und herhören: Die italienischen Gäste sind uns so willkommen wie alle anderen.« Zu Pfeiffer: »Wirf sie raus!«

Pfeiffer nahm Sophie Plakette und Bonnierschlüssel ab. »Abrechnen kannst du im Personalbüro«, sagte er.

Kristina und Ruth und alle anderen verkauften, verkauften, verkauften. Kommentierten die fristlose Entlassung ihrer Kollegin nicht. Sprachen vor Erschöpfung gar nicht mehr miteinander, auch nicht mit Wate, schleppten sich nach Hause, warfen sich dort Medikamente ein und waren am Morgen wieder da.

»Neuer Besucherrekord erwartet«, meldeten die Zeitungen. »Über eine Million auf der Wiesn«.

Kommissar Hell schaute am Sonntag am frühen Nachmittag vorbei und brachte eine Packung eisgekühlten Blutorangensaft mit.

Er setzte sich zu Alfons. »Sie sind jeden Tag hier, was?«, sagte er zu ihm.

»Sie auch«, konterte Alfons, »Ramers auch. Willkommen im Spiel.«

»Spiel?«, fragte Hell.

»Sie sind der Polizist in meinem Spiel«, erklärte Alfons. »Haben Sie damals am Fall Ramer mitgearbeitet?«

Hell fixierte ihn.

»War er's?«, fragte Alfons nach einer Zeit.

»Ja«, sagte Hell und sah Ramer und seine Frau an, die wie immer in Tanjas ehemaligem Service saßen, in dem Diana vier Tage bedient hatte und nun Christa arbeitete.

»Und seine Frau hat es gewusst, oder? Der Staatsanwalt hat keine Chance gehabt«, fasste Alfons zusammen. »Die Frau ist das schwierigste. Eine schwierige Rolle. Wir werden sie streichen. Was wurde eigentlich aus der anderen Frau?«

»Die ist erledigt. Sie hat's nicht geschafft«, seufzte Hell. »Ihr Mann hat sich scheiden lassen, die Kinder sind bei ihm«, sagte er widerwillig.

»Schlüsselrolle Ehemann?«, notierte Alfons auf seinem Block. »Mannheimer, oder?«, fragte er Hell.

Er nahm einen großen Filzstift und malte einen grünen Klecks zu dem Namen.

»Ich habe die alten Zeitungsberichte nachgelesen. Die Medien waren ja begeistert über die Wende.« Alfons hatte einen Ausdruck dabei und suchte ihn aus seiner Mappe heraus. »Wende im Schwedinnen-Sex-Fall« stand da. Daneben ein Info-Kasten: »Sex am Arbeitsplatz – häufiger als gedacht«.

»Sind die alle mit dem Ramer befreundet?«, fragte er interessiert. »Das könnte ich verwenden.«

Hell machte ein angewidertes Gesicht. Alfons hinderte ihn mit einem Griff am Arm am Aufstehen. »Keine Panik. Ich verwende es nur als Muster. Ich bin doch Game-Designer.«

Hell nahm die Hand von seinem Arm weg, blieb aber sitzen.

»Ah ja, das sagten Sie schon. Game-Designer?«, fragte er. »Da haben Sie wohl viel frei und verbringen Ihre Pausen hier auf der Wiesn. Gute Idee. Ist Ihre Firma hier in der Nähe?«

»Ich bin jetzt gerade an meinem Arbeitsplatz«, sagte Alfons. »Wie Sie, oder?«

»Wo ist Ihr Computer?«, stellte Hell eine Gegenfrage. Er ermahnte sich selbst, seinen Verhörton abzustellen und fuhr fort: »Sie haben ja nur Zettel hier rumliegen.«

»Das ist mein Arbeitsgerät«, erklärte er. »Ein Bleistift und Papier. Im Moment muss ich ein paar Weichen stellen.«

»Was für Weichen stellen Sie?«, fragte Hell. »Wer mit welchen Bomben abgeschossen wird?«

Alfons lachte ihn an. »Na ja, im Moment suche ich hier nach einer guten Geschichte.«

»Und was machen Sie dann?«

»Dann beschäftigen wir uns damit, welche Erfahrungen die Spieler in der Geschichte machen können. Wenn wir das festgelegt haben, geht es mit der Arbeit richtig los. Wie können wir deine Erfahrungen beeinflussen? Arbeiten wir zum Beispiel mit dem Tempo des Spiels?«

Hell forderte ihn mit einer Handbewegung auf, weiterzusprechen.

»Na geh«, sagte Alfons. »Das kennen Sie doch: Beim Schachspiel ist es doch auch ganz anders, wenn Sie mit Stoppuhr spielen.«

»Das stimmt«, gab Hell zu.

»Dann brauche ich noch Regeln.« Alfons war kaum mehr zu bremsen. »Ein Belohnungssystem. Und natürlich das Aussehen des Spiels, das heißt: Was sieht der Spieler wann und wie. Und vor allem das Gefühl, das die Gamer beim Spielen haben sollen«, fuhr er fort, bemerkte, dass er Hell schon verloren hatte und entschuldigte sich. »Es ist Wahnsinn. Wenn Sie wollen, zeige ich es Ihnen einmal anhand eines Spiels.«

»Und in zwei Wochen sind Sie damit fertig?«, fragte Hell.

»Nein, wenn ich mit meinem Teil fertig bin, kommen die Sound-Designer, die Zeichner, dann programmieren wir«, berichtete Alfons begeistert.

»Sound-Designer?«, fragte Hell.

»Ja, klar. Hören Sie das Geräusch der Krüge,

wenn Frau Ruth sie auf den Tisch stellt und das freudige ›Ahhh‹ der Männer dazu? Wenn wir diesen Sound zu Beginn in das Spiel einbauen, tauchen die Spieler gefühlsmäßig in die Fantasiewelt ein«, erklärte er. »Wir glauben, was wir hören. Über den Soundteppich betreten wir die Geschichte.«

»Es gibt doch schon ein Oktoberfest-Game«, sagte Hell irritiert. Er erinnerte sich vage daran, so etwas in der Zeitung gelesen zu haben.

»Es geht um die Geschichte«, betonte Alfons noch einmal eindringlich. »Es geht darum, dass die Spieler das Spiel lieben, kein Thema ist einzigartig. Oder glauben Sie, dass es nur ein Spiel zum Thema ›Aliens‹ gibt?«

»Das Thema ist nicht wichtig«, wiederholte Hell.

»Es *ist* wichtig.« Alfons wurde langsam ungeduldig. »Beim Thema ›Wiesn‹ taucht ja jeder sofort in eine Gefühlswelt ein. In Erinnerungen, Erzählungen, Geschichten. Man ist schon in die Welt eingetaucht, bevor man den Start-Button klickt, verstehen Sie!«

Hell lehnte sich zurück.

»Ich bin bei meiner Abschlussarbeit«, sagte Alfons. »Rulfo und ich, wir designen gerade zwei Spiele. Eines heißt ›Octoberfest‹ das wollen wir verkaufen. Da ist Frau Ruth unsere zentrale Figur. Natürlich nur als Modell. Das andere ist das Uni-Projekt. Das ist unsere Abschlussarbeit. Wir reichen es auch bei einem Wettbewerb ein.«

»Thema?«, fragte Hell.

»Justiz!«, stöhnte Alfons. »Furchtbar!«

»Furchtbar?«, fragte Hell. »Gibt's nicht schon mehrere Varianten von diesem Millionärs-Wissens-Quiz? Könnt ihr das nicht einfach als Lernspiel mit juristischen Fragen nachbauen?«

Alfons sah ihn entsetzt an. Er riss sich zusammen: »Das Spiel wird ein faszinierendes Game sein«, fauchte er. »Kein Wissensquiz.«

»Wissensquiz?«, fragte Ruth. Sie nahm einen großen Schluck von dem Orangensaft und verzog den Mund. »Der ist ja ganz warm. Würden die Herren vielleicht noch etwas konsumieren?«

»Nein«, sagte Alfons. »Kein Wissensquiz. Ja, natürlich konsumieren wir wie anständige Gäste, zwei Stück bitte!«

»Zusammen.« Er lud den Polizisten ein und strahlte. »Der erste Grundsatz des Game-Designs ist übrigens: Make your player happy!«

»Dass ein Gamer mein Bier bezahlt, macht mich nicht wirklich glücklich«, sagte Hell kühl und schob Alfons einen Zehner hinüber.

»Ich nehme an, es gibt weitere Prinzipien.« Es gefiel ihm, dass der Student ihm Dinge erzählen konnte, die er noch nie gehört hatte.

»Das wird einen Mann der Tat, wie Sie es in Ihrem Beruf sind, freuen«, sagte Alfons. »Der zweite Grundsatz heißt: Handeln statt lesen.«

»Und wie wollt ihr das machen?«

»Beim Justizspiel? Bis jetzt ist es eine Qual«, stöhnte Alfons. »Wir erfinden am Abend etwas und am Morgen werfen wir es weg. Jetzt, wo wir den Ramer hier immer sehen, inspiriert uns sein

Fall natürlich: Wie geht der Freispruch-Trick? Das ist die Frage. Aber jetzt gerade sind wir mitten im anderen Spiel.« Alfons zeigt ihm einen Stapel Skizzenblätter. »Frau Ruth ist eine vielschichtige Frau«, sagte er. »Nicht wahr? Wir machen aber ein einfaches Spiel aus ihr.«

Das gefiel Hell sichtlich nicht.

»Ein Gamer will einen Highscore erreichen und knacken«, sagte Alfons verschwörerisch. »Das ist natürlich in diesem Spiel das Geld, das die Bedienung verdient, wenn sie möglichst viel Bier verkauft.«

»Und auf wen wird geballert?«, fragte Hell unwirsch.

Alfons grinste. »Man muss schnell sein«, verriet er. »Nur wenn man viel trainiert, kommt man schnell durch das Gedränge. Am Beginn, wenn man es noch nicht heraus hat, ist man so langsam, dass man nicht viel verdient. Und dann kommt noch die Geschicklichkeit dazu – Balancegefühl ist gefragt, damit die Figur nichts verschüttet.« Alfons strahlte.

Hells Aufmerksamkeit stieg.

»Auf Level zwei werden die Hindernisse unangenehmer: Das Gedränge wird größer – immer öfter schieben sich Gäste in den Weg und gehen nicht weg, wenn die Figur nicht bestimmte Tricks anwendet. Dann dringen Kolleginnen in das Revier ein und verkaufen Bier. Die müssen vertrieben werden, damit die Kasse stimmt. Und wahrscheinlich machen wir auch das schlecht eingeschenkte

Bier zum Hindernis. Da muss die Bedienung wieder zurück zum Nachschenken. Das kostet wieder viel Zeit, sie verdient weniger.«

Alfons wartete ein paar Sekunden, bis er mit seinem kleinen Coup herausrückte: »Der Gamer muss rauskriegen, dass seine Bedienung dem Schenker ein Bussi auf die Wange geben muss, damit er wieder besser einschenkt.« Er hatte Hell am Arm gepackt und lehnte sich nun wieder zurück. Hell schaute grinsend zu Wate.

»Wir haben jetzt in diesen Tagen schon so viel aufgeschrieben, was noch Hindernisse für das Spielziel sein könnten.«

»Dem Geldverdienen«, sagte Hell.

»Ja, wir nehmen natürlich nicht alles. Das sind dann eben die Überlegungen: Was kann man grafisch am besten darstellen – es soll Spaß machen und ganz klar sein. Einen Tellerstapel zurücktragen müssen, ein Platzregen, der alle Gäste vertreibt, die Hendl gehen aus, Blasen an den Füßen der Bedienung. Deshalb sitze ich sechzehn Tage hier. Ich schau mir alles an, spreche mit ihr und designe aus dem Komplexen etwas Einfaches.«

»Mit Rulfo natürlich«, sagte er. Rulfo kam gerade zurück zum Tisch.

»Kriegt sie auch Pluspunkte?«, frage Hell grimmig.

Alfons lachte: »Klar. Der Pluspunkt könnte ein Tässchen Bodybuilder-Nahrung sein«, überlegte er. »Das essen einige von den Frauen hier, habe ich bemerkt«, er blätterte in den Zetteln.

»Das ist dann eher kein Pluspunkt«, sagte Hell. »Das Zeug essen Leute mit kaputtem Magen, sie vertragen nichts anderes, brauchen aber Energie.«

Alfons machte sich eine Notiz. »Aus Ihnen mache ich einen normalen Gast«, informierte er Hell. »Ein Polizist hat in diesem Spiel keinen Platz.«

»Na, dann gehe ich mal.« Hell stand auf. In Gedanken versunken knallte er an der Ecke mit Hjarne zusammen, der seinerseits ungewöhnlich forschen Schritts unterwegs war.

»Was machst du da? Du singst aber nicht im Bierzelt?« Die beiden klopften sich zur Begrüßung gegenseitig auf den Rücken. Hjarne deutete auf Wate und verließ mit diesem gemeinsam den Biergarten. Hell sah den beiden Hünen nach. Er hatte Hjarne vor Jahren bei einem Fall fast sterben sehen. Danach war er gelegentlich gekommen, wenn Hjarne in München sang, während er ihn seinerseits manchmal mit in die Berge nahm. Geredet hatten sie in all den Jahren recht wenig. *Eigentlich nichts*, resümierte Hell und musste grinsen.

»Schau mal«, sagte Alfons zu Bora, zog ihn zu sich auf die Bank und zeigte ihm die Skizzen. Er erzählte noch einmal begeistert von seinem Spiel.

»Am Ende des Spiels, in der Schlusssequenz«, erzählte er und trank geistesabwesend Ruths Saft aus, »räumt sich dann alles von selber zusammen. Das machen hier die Bedienungen und es ist auch gleichzeitig etwas, bei dem sich ein Spieler wohlfühlt, wenn am Ende alles in Ordnung ist.«

»Ruth ist super«, sagte Bora und blätterte die Notizen durch. »Ist das Spiel für dich? Oder Arbeit?«

Alfons strahlte: »Spiel *und* Arbeit. Angefangen habe ich mit zwölf. Wir haben ein kleines Steinzeitspiel gemacht. Es ging darum, wie die Menschen langsam gelernt haben Feuer zu machen und wie sie die Mühle erfunden haben und so. Er lachte. Die Figuren waren ziemlich ungeschickt gemacht, damals. Heute haben wir ja ganz andere Möglichkeiten. Und es gab natürlich keinen Steinzeitmenschen, den wir beobachten und fragen konnten.«

»*Wir* haben in Steinzeit gelebt«, sagte Bora. »*Mich* hättest du fragen können.« Die zwei jungen Männer sahen sich an. »Im Krieg. In Bosnien. Wir waren lange im Wald. Nach einem Jahr haben wir erst wieder eine beleuchtete Stadt mit Elektrizität gesehen. Wir konnten gar nicht glauben.«

»Welche Stadt war das?«, fragte Alfons gepresst. Bora hörte ihm nicht zu.

»Du sagst ›Mühle‹: Wir haben Getreide vom Bauern gestohlen. Und wir haben Hunger gehabt – und Hunger, dass es wehgetan hat. Mein kleiner Bruder wollte Brot von mir, ich hatte keins, er gesagt: Gib mir trotzdem.«

»Er hat gesagt«, verbesserte Alfons automatisch. »Entschuldige«, schob er schnell hinterher.

»Mühle«, sagte Bora. »Es so lange gedauert, bis aus diesem Getreide etwas zu essen geworden ist. Die Frauen haben mit großen Steinen draufgeschlagen, dann haben sie alles auf einen kleinen Haufen getan. Es ist so wenig übriggeblieben. Dann haben sie es mit Wasser vermischt. Dann haben wir Feuer machen müssen, das Ganze gekocht und den Brei endlich essen dürfen.«

Bora lachte auf und sagte zu Alfons: »Wenn du wieder Spiel machst, fragst du mich!«

Alfons hielt seinen Arm fest. »Ist dein Bruder auch in München?«, fragte er.

»Nein. Er war sehr klein«, sagte er. »Drei Jahre. Und sehr dünn.« Er schob Alfons' Hand weg. »Wie gesagt, beim nächsten Spiel fragst mich. Ich kann dir Blätter aufzeichnen, die wir gegessen haben. Und ich sag dir, wie wir Tiere gegessen haben, die wir gefunden haben.«

Bora stand auf. Ruth kam vorbei und schimpfte, weil er ihr im Weg stand, und knallte die Bierkrüge auf den Tisch mit den Skizzen, die Alfons erstaunlich behände wegschnappte.

»Hilf Gina Geschirr rausräumen«, raunzte sie ihn an. »Sie hat einen Tellerstau!«

»Bitte sehr, bitte gleich, Madame«, flötete Bora, küsste Ruth schnell die Hand und verschwand in der Menge der tobenden Italiener.

Maurermontag

Bora nahm wie jedes Jahr am Maurermontag seinen Feldstecher in den Biergarten mit, um am Vormittag damit nach Maurern zu suchen.

»Keine Maurer weit und breit«, sagte er mit gespielter Enttäuschung zu Lisa. »Ja mei, ja früher«, imitierte er das Lamentieren der Bedienungen. »Früher war der Maurermontag noch was. Alle Handwerker von München waren am zweiten Montag auf der Wiesn. Und was die konsumiert haben!«

Lisa warf ihm, müde vom Wochenende, eine zusammengeknüllte Serviette an den Kopf, entriss ihm dann überraschend den Feldstecher, schaute in der falschen Richtung durch und sagte etwas zu Bora, der grinste und Lisa um die Schulter fasste, den Feldstecher wieder an sich nahm und weitere Opfer für seinen Maurerscherz suchte.

»Ja mei, ja früher«, sagte Maria zu Lisa, »weißt noch, früher war der Maurermontag noch was.« Lisa und Ruth kam es vor, als ob Maria Bora imitieren würde. »Ab halb zehn war der Biergarten voll. Und das Trinkgeld von denen, weißt noch.«

Sie lachten Maria aus und als Bora noch mal vorbeikam, mussten sie wieder lachen.

Ruth saß in der Morgensonne auf einer Bierbank, Maria hatte wieder einmal Kakao geholt, keiner redete, alle waren froh, dass das Wochenende vorbei war, fühlten ihre Schmerzen und schnupperten an dem neuen Tag.

Die Neue hatte sich über das Wochenende gut gehalten. Ruth fiel ein, dass sie immer noch nicht ausführlich mit Gina gesprochen hatte und nahm sich vor, dies am Nachmittag nach dem Mittagsgeschäft zu machen.

Sie liebte diesen Kakao, schlürfte vorsichtig, solange er kochend heiß war und trank ihn in einem Zug aus, sobald er ein wenig abgekühlt war. Lisa schenkte ihr den Rest aus der Thermoskanne gleich nach. Kristina kam mit Keksen aus der Box, ließ sich auf die Nebenbank fallen und summte vergnügt vor sich hin. Ruth sah sie scharf an.

»Geh, summ den Namen auch gleich dazu, damit wir uns auskennen«, sagte sie streng. Kristina strahlte vor sich hin.

»Trallalla«, sang sie. »Ich könnte heute Bäume ausreißen.« Sie stand wieder auf: »Ich nehme mir mal den Pfeiffer vor.«

Bora sah ihr nach. »Keine Chance für Pfeiffer!«, stellte er fest. »Mit wem hat sie denn geschlafen?« Er grinste, als ihn die Frauen strafend ansahen. »Ich war's nicht. Schwöre!«

Wate putzte seinen Schankbereich, spülte schmutzige Krüge vom Vortag und stellte sie in den Gläserschrank. Neben dieser vertrauten Geräuschkulisse des Klackens und Klirrens und der Spülmaschine unterhielt er sich angeregt mit Kurt, sie lachten leise.

Kommissar Hell betrat den Garten, grüßte Wate, der diesmal zurückgrüßte. Er hatte einen Plastikblumentopf mit dunkelblauen Stiefmütterchen dabei. Den stellte er auf einen Tisch in Ruths Service, packte die Zeitung aus. Ruth freute sich, ihn zu sehen. Er bestellte Weißwurst und eine Breze und fragte, ob er sie auf eine Portion einladen dürfe. Ruth wollte gewohnheitsmäßig ablehnen, hatte aber am Wochenende so wenig gegessen, dass sie nach dem Kakao großen Hunger hatte. Sie wusste, dass die Weißwürste aus der Hauptküche erstklassig waren und stimmte zu. Weil sie so hungrig war, holte sie gleich drei Portionen und der Kommissar – ebenfalls hungrig – strahlte, als er die sechs Würste in der Schüssel sah. Sie aßen alles auf. Dann fragte Ruth: »Haben Sie schon was rausgefunden?«

»Mein Bild ist noch nicht komplett«, sagte er.

»Ich habe heute früh in Google unter ›Nierenstich‹ nachgeschaut«, sagte Ruth. »Schauen Sie mal, was ich gefunden habe.« Sie holte einen Zettel aus ihrem Geldbeutel. Sie wollte es gar nicht vorlesen und gab ihm den Zettel.

»Im Übrigen kann ich mich nur wiederholen: Ich will nicht, dass mein Opfer in ein paar Stunden, selbst in ein paar Minuten stirbt. Ich will, dass es in zehn Sekunden stirbt«, las er.

Und dann: »Man muss sich von hinten an Wachen anschleichen und diese dann per Genickbruch oder Nierenstich über den Jordan schicken. Was erfreulicherweise relativ einfach geht.«

»Widerlich, oder?«, fragte sie. »Wer schreibt so etwas?«

Hell knüllte das Blatt zusammen und warf es auf

den Boden. Alfons war dazugekommen, hatte zugehört und sagte: »Das schreiben Leute, die in virtuellen Kriegsspielen mitmachen. Das hat nichts mit der Wirklichkeit zu tun.«

»Da kommt übrigens seine Frau«, sagte Hell überrascht. »Die mit den schwarzen Haaren. Die Frau vom Summerer meine ich.« Er nahm die Zeitung in die Hand, sodass sie sein Gesicht, nicht aber die Stiefmütterchen verdeckte.

Alfons setzte sich. »Sieht nicht nach Spiel aus«, sagte der Spielentwickler. »Zu unwahrscheinlich.«

Ruth stand auf.

»Zu unwahrscheinlich?«, fragte Hell hinter seiner Zeitung. »Ein Spiel ist doch interessant, wenn Überraschungen darin sind, oder? Vor ein paar Tagen hast du noch davon gesprochen, dass du Geschichten erzählst. So etwas ist eine Geschichte.«

»Nicht ganz«, sagte Alfons, »das wäre eine Geschichte zum Erzählen. Ein Zuhörer freut sich, wenn er Überraschendes hört, sonst langweilt er sich ja. Wir erzählen Geschichten zum *Spielen*. Ein Spieler freut sich, wenn er etwas aktiv tun kann. Sonst verliert er den Spaß dabei.«

»Spaß«, sagte Hell abfällig. »Alles muss bei euch Spaß machen. Interessiert ihr euch für sonst nichts?«

»Das Game muss Spaß machen«, sagte Alfons trocken. »Sonst spielt das Spiel niemand. Die Arbeit daran ist – wie Sie ja schon wissen sollten – gar nicht so spaßig.« Sein Gesicht hatte plötzlich strenge Züge angenommen. »Rulfo und ich kriechen jedes Mal sozusagen in das Thema hinein. So wie hier. Falls wir krasse Erfahrungen machen, analysieren wir sie und überlegen, durch welche Elemente wir diese Erfahrungen für die Spieler hervorrufen können.«

Hell runzelte die Stirn. »Ich verstehe nicht, was du meinst«, sagte er. »Gib mir ein Beispiel!«

»Ein Beispiel? Mein erstes Profi-Spiel ist ein super Beispiel. Mein erster Fall sozusagen.« Alfons strahlte Hell an.

»Ich bin noch zur Schule gegangen, da ist in meinem Ort ein ganzes Game-Design-Team angerückt. Ich habe mich als regionaler Helfer ein bisschen unentbehrlich gemacht und durfte bei der Arbeit dabei sein. Der Auftraggeber war ein Tourismusprojekt.«

»Wirklich?«, fragte Hell und stellte sich den fränkischen Tourismusmanager vor, den er kannte. »Meinst du nicht ein Jugendprojekt?«

»Jugendprojekte haben kein Geld für so etwas«, sagte Alfons. »Die Aufgabenstellung war: Während sich die Eltern in der Tourist-Info ausführlich über alle Angebote in der Region informieren, sollten die Kids zur Ablenkung in einer Nische Spiele spielen. Sie sollten etwa zwanzig Minuten beschäftigt sein. Das Thema ›Schwimmbad‹ war vorgegeben und wir haben zuerst an Wettschwimmen und Turmspringen und so gedacht, aber richtig begeistert waren wir alle nicht.«

»Aber das«, fiel im Rulfo im Vorbeigehen ins Wort, »muss unbedingt sein: Du musst heiß auf dein eigenes Spiel sein!« Er klopfte Alfons auf den Rücken und verließ die beiden, um Ruth weiterzuverfolgen.

»Kinder sollten ins Schwimmbad gehen«, sagte Hell ungeduldig, »nicht am Computer ein Schwimmbadspiel spielen.«

»In zwanzig Minuten?«, fragte Alfons. »Wir waren wie gesagt alle auf dieses Wettschwimmen fixiert, aber kein Feuer war entfacht, bei keinem von uns. Der Chef hat dann ein paar Cocktails gemixt. Das Team wurde immer beschwipster, der Chef hat weiter gemixt. Ich und zwei andere Leute haben nichts bekommen. Die zwei anderen mischten sich unter die Betrunkenen und haben das Thema ›Schwimmbad-Kindheit‹ in allen Gesprächsgruppen untergebracht. Ich hatte die Aufgabe rumzugehen und alles aufzuschreiben, was ich gehört habe. Da stand ›Hitze‹, ›Wespen‹ und ›habe mich immer verirrt‹. ›Mädchen‹ natürlich an erster Stelle. Dann war ›Geruch von Sonnencreme‹, ›habe immer nur das billigste Eis bekommen‹, ›so viele Menschen‹, ›unendlich lange Sommertage‹, ›Geruch in der Kästchenzone‹, ›Bademeister ärgern‹ stand dreimal da – das musste also unbedingt vorkommen.«

»Ja, der Bademeister«, nickte Hell versonnen. »Den haben wir auch geärgert! Und die Sommertage waren wirklich lang. Aber das Spiel sollte ja nur zwanzig Minuten dauern.«

»Diese Details haben die Designer damals alle verwendet, damit sich das Spiel richtig anfühlt«, erzählte Alfons eifrig. »Die Hauptgeschichte war etwas ganz anderes. Ein Bub war mit seiner Familie im Schwimmbad und musste sich allein hinaus- und wieder hineinschwindeln, weil er den Hund hereinschmuggeln wollte. Auf dieser Reise haben wir ihm viele Hindernisse in den Weg gelegt.«

Hell lächelte.

»Als Belohnungssystem haben wir große Eisportionen gehabt. Pluspunkte hätten natürlich auch als Belohnung funktioniert, aber über ein großes Eis freut man sich eben noch mal auf einer ganz anderen emotionalen Ebene. Die Hitzeerfahrung haben wir mit dem akustischen Jubel und Platschen dargestellt, wenn jemand ins Wasser gehüpft ist und natürlich damit, dass verschiedene Flüssigkeiten verdampfen. Kleine Erfolge im Spiel haben wir mit der optischen Darstellung einer kühlen Brise untermalt – das hat das gute Gefühl des Erfolgs gleich noch mal beflügelt. Gerüche sind schwer zu verwenden«, sagte Alfons. »Deshalb hat uns unglaublich getaugt, dass bei den Testspielern die kleinen Fläschchen Sonnencreme, die mitten im Spiel mal aufgetaucht sind, ein Lächeln erzeugt haben. Der Bub musste einer Dame den Rücken eincremen, damit sie ihm den Weg sagte und die Spieler durften den Geruch der Sonnencreme auswählen. Wir hatten Kokos, dann dieses Nussöl und die klassische Kindersonnencreme.«

»Und die Wespen?«, fragte Hell.

»Die sind bei den Testspielern nicht gut angekommen. Das hat sie genervt. Also haben wir sie wieder rausgeworfen.«

»Ist die Sache bei den Kids angekommen?«

»Ja, und auch bei den Vätern«, grinste Alfons. »Die Mamas haben sich in Ruhe über die Region informieren können und die Familie wieder eingesammelt.«

Hell nickte anerkennend. »Ehrlich gesagt bist du der erste Game-Designer, denn ich kennenlerne und ich habe noch nie gehört, wie man diese Arbeit macht.«

»Das alles«, Alfons zeigte auf seine Zettelwirtschaft, »das sind unsere Notizen für die Geschichte zum Oktoberfestspiel. Und für das Justizspiel übrigens auch«, fügte er hinzu. »Ramers inspirieren uns natürlich täglich, das habe ich ja schon gesagt.«

»Italiener«, fügte er zu einer Notiz hinzu. »Das sind auf alle Fälle Minuspunkte im Spiel.«

»Das können Sie in Deutschland nicht verkaufen«, sagte Hell. »Italiener als Minuspunkte. Das könnt ihr nicht machen.«

»Ich habe gerade das Italienerwochenende erlebt«, widersprach Alfons. »Eine intensive Erfahrung. Die Bedienung verdient weniger, hat aber mehr Arbeit und mehr Stress, alles ist vollgekotzt. Ein glatter Minuspunkt im echten Leben.«

Rulfo war wieder da: »Im Spiel kann es ja anders dargestellt sein. Die Azzurri – die ultimative Herausforderung auf Level drei. Der Grafiker kann ihnen vielleicht ein Pantani-Kopftuch machen, dann sehen sie verwegen aus – von Diskriminierung keine Spur mehr.«

Hell dachte nach. »Das klingt alles sehr einleuchtend. Ich muss darüber nachdenken«, gab er zu. »Ich glaube, was ich nicht verstehe, ist, dass ihr jungen Leute so darauf steht. E-Games, virtuelle Welten und so was alles. Die letzten fünftausend Jahre bis zu meiner Generation hat das kein Mensch gebraucht.«

»Na ja«, sagte Rulfo, »Gott ist ja eigentlich auch virtuell.«

Alfons prostete Hell strahlend zu und sprang dann unvermittelt auf. Er schlenderte zu Frau Ramer, deren Mann gerade den Tisch verlassen hatte. »Frau Ramer«, sagte er, »ich kenne Sie aus der Zeitung. Entschuldigen Sie bitte, dass ich Sie anspreche. Sie haben mir damals so leidgetan«, log er. »Meine Mutter hat Ihre Haltung damals bewundert. ›An allem ist nur dieses Luder schuld‹«, zitierte er listig.

Frau Ramer sagte: »Sehr nett von Ihnen, junger Mann. Mein Mann konnte sich ja Gott sei Dank wehren. Grüßen Sie doch bitte Ihre Mutter von mir.«

Alfons setzte sich wieder zu Hell. »Unglaublich. In unserem Spiel bringe ich das leider nicht unter«, sagte er. »So eine nette Frau und dann hilft sie dabei mit, wie ihr Mann anderen netten Frauen ihr Leben zerstört.« Er schüttelte den Kopf. »Der Satz«, fuhr er fort. »Was sagen Sie zu dem Satz? Wie er durch die Zeit besteht!«

Hell trank einen Schluck.

»Der Satz mit dem Luder, den ich gerade zu Frau

Ramer gesagt habe, ist fast hundert Jahre alt. Ein junger Mann wie ich sagt ihn in einem Buch zu einer Frau über eine andere Frau. Sie reagiert wie Frau Ramer jetzt gerade: Auf keinen Fall fragen, was mit der anderen Frau los ist. Froh sein, dass man selbst gerade Oberwasser hat.«

Hell sah Alfons besorgt an.

»Ist nur ein Hobby von uns«, grinste Alfons. »Wir suchen uns aus dem Internet alte Sätze heraus und verwenden sie in alltäglichen Gesprächen. Ist ziemlich witzig.«

Ruth hatte in der Zwischenzeit den Tisch abgeräumt und sich erlaubt an Teresa zu denken. Dann hatte sie gesehen, wie sich Frau Summerer mit dem Rücken zur Sonne ausgerechnet in Ginas Service setzte. Sie bestellte ebenfalls Weißwürste. Kannten sich die beiden überhaupt? Offensichtlich nicht. Gina brachte das Essen, kassierte, strahlte und ging zu der Neuen, um ihr einen Zettel zu zeigen. Wie hieß sie eigentlich? Ruth hatte es schon wieder vergessen, sah aber, dass sie eine kleine Holzklammer mit ihrem Namen auf ihr Dirndl gesteckt hatte, ging hin, um Gina etwas zu fragen und las gleich »Christa«.

Ruth erinnerte sich an den Beginn der Wiesn, als Gina so ein Außenseiter war und freute sich, dass die beiden ein Team waren. Sie musste es gleich sagen: »Super, dass ihr ein Team seid. Freut mich total! Wie geht's dir?«, fragte sie. Christa ging mit dem Zettel ins Zelt. Ruth fasste Gina am Arm, zog sie ein Stück weiter und sie setzen sich auf ein paar umgedrehte Getränkekisten, die jemand dort abgestellt hatte.

Ruth holte zwei Lucky Strike aus der Schachtel, Gina war zappelig. »Ich habe nie gewusst, wie arg die Arbeit im Bierzelt ist«, sagte sie. »Die Mama hat immer nur irgendwelche harmlosen oder lustigen Dinge erzählt, oder Dinge, die halt anderen passiert sind. Früher ist sie in der Hauptsaison manchmal am Samstag von einem Volksfest nach Hause gekommen, hat in der Nacht die Dirndln in die Waschmaschine und den Trockner geworfen und ist am Sonntag in der Früh schon zum nächsten Volksfest gefahren. Sie hat überhaupt nie erzählt, dass die Arbeit *wehtut* und dass die Leute gemein sind.«

»Ach, das muss man auch gar nicht erzählen. Hat sie dir erzählt, wie viel sie verdient hat?«

»Nein, nie. Nur wenn sie wenig verdient hat, hat sie geflucht.«

»Uns hat sie erzählt, dass du in Sport so gut bist, wer dein erster Freund war und warum du ihn verlassen hast. Prinzessin Regina-Gina, so hat sie dich am Anfang immer genannt, als du ein Baby warst.«

Gina stöhnte. »Es war mir immer so peinlich, dass sie nur Bierzeltbedienung war«, sagte sie stockend. »Ich wollte euch nicht kennenlernen. Ich bin nie mitgegangen, wenn sie euch getroffen hat.«

Ruth seufzte. »Deshalb hast du uns wohl auch zur Beerdigung nicht eingeladen. Ihre jüngere Cousine ist immer mit dir hergefahren, damit sie dich stillen kann. Das war in der Mozartstraße, da ist sie mit dem blauen Peugeot gestanden.«

»Ja, das hat sie mir erzählt«, flüsterte Gina. »Ich vermisse sie so.« Sie biss sich auf die Oberlippe. »Ich kann ihr nicht sagen, wie wohl ich mich mit euch hier fühle. Sie ist weg. Und Wolf ist auch einfach weg«, sagte sie dann. »Er war echt nicht mein Freund. Aber dass ein Mensch einfach nicht mehr da ist. Das will ich nicht.«

»Wir vermissen sie auch«, flüsterte Ruth, »sie fehlt hier. Ich glaube, sogar der Kommissar vermisst sie schon, obwohl er sie gar nicht gekannt hat.«

»Wate vermisst sie furchtbar«, begann Ruth nach einer Weile wieder. »Kristina ist nur ein halber Mensch. Bora hatte immer so viel Spaß mit ihr.«

»Der Kommissar ist übrigens wieder hier«, berichtete sie. »Und Frau Summerer auch, sie isst bei dir.«

»Ach Scheiße, ich will mit denen überhaupt nichts zu tun haben«, fluchte Gina genervt. »Geh du bitte hin und schau, was sie will.«

Ruth tat ihr den Gefallen. »Grüß Gott«, sagte sie und setzte sich Frau Summerer gegenüber. Sonst sagte sie nichts.

Frau Summerer ordnete bedächtig die Weißwurstreste auf ihrem Teller neu an. Warum der Wolf sie nicht einfach in Ruhe hätte lassen können, wollte sie wissen.

»Dann wäre er jetzt nicht tot«, sagte sie anklagend. Ruth starrte sie an.

»Sie haben ihn doch im März verlassen. Warum ist er wieder hergekommen?«, fragte die Frau. »An diesem Zeltfest-Mist ist ihm doch nie etwas gelegen. An dem Tag hatte er keinen beruflichen Termin hier.«

»Oh, das ist nicht so, wie Sie denken«, begann Ruth umständlich zu erklären. »Wissen Sie, nicht *ich* habe ihn verlassen, sondern ...«

»Das interessiert mich doch nicht. Ich will wissen, was er von Ihnen noch wollte.«

»Sie waren erst vierzehn, gell? Die erste große Liebe?«, erinnerte sich Ruth vage daran, was Teresa mal erzählt hatte.

»Ach Quatsch, große Liebe, wir waren ein Team. Was hat er Ihnen denn für einen Blödsinn erzählt?«

»Nichts«, sagte Ruth. »Mir hat er das nicht erzählt. Es ist nämlich so, dass ...«

»Entschuldigen Sie, dass ich Sie nerve, Sie müssen ja auch ganz fertig sein. Ehrlich gesagt wundert es mich, dass Sie überhaupt arbeiten.« Frau Summerers Ton wurde immer vorwurfsvoller. »Ich wollte mal schauen, wo das Ganze passiert ist aber ich trau mich eh nicht rein. Vielleicht ist es gar nicht so schlecht, dass ich Sie mal treffe, Teresa. Sie sollten wissen, dass Sie mir überhaupt nichts weggenommen haben, wenn Sie mit ihm geschlafen haben«, fuhr sie fort. Die beiden Frauen sahen einander an.

Und nach einer Weile in ganz anderem Ton: »So, das Geschirr dürfen S' schon mitnehmen.« Ruth hatte gerade dazu angesetzt, der Frau zu sagen, dass sie nicht Teresa sei und diese tot war. Aber nach der letzten Bemerkung dachte sie, dass die überhebliche Kuh dies schon irgendwann selbst herausfinden würde, sagte »sehr gerne«, nahm ihr den Teller mit den ausgezuzelten Häuten ab und ging zur Geschirrablage an der Schänke.

Sie verkaufte ein paar Hühner in Kristinas Box. Als sie wieder in den Biergarten kam, war Frau Summerer weg, Gina wischte gerade den Tisch ab. In Ruths eigenem Service hatte Hell seine Zeitung wieder sinken lassen und es ließen sich gerade acht kräftige Männer an einem Tisch nieder. *Maurermontag*, dachte Ruth und nahm die Bestellung auf: sechs Cola, ein Wasser, zwei Bier. »Ja, es ja noch nicht mal elf Uhr, sagten die Männer entschuldigend, wir trinken dann schon noch was.«

Sie setzte sich zu dem Kommissar, der in Gedanken versunken war, seit Alfons gegangen war.

»Wie alt sind Sie?«, fragt sie ihn.

»Fünfzig vorbei«, sagte er wachsam.

»Und wie alt ist Ihre Mutter?«

»Sie ist vor vier Jahren gestorben«, sagte er, »da war sie dreiundsiebzig.«

»Was würden Sie denken, wenn Ihre Mutter nur vierzehn Jahre älter wäre als Sie?«, fragte sie drängend. Er überlegte nicht lange: »Ich glaube: nichts.«

Hell klappte seinen Notizblock auf. »Der Summerer«, fasste er zusammen, »hat das schwangere Mädchen in Nürnberg getroffen und ihr mit ihrer Mutter in München einen Platz verschafft, wo sie das Baby kriegen konnte. Dann ist die jetzige Frau Summerer mit dem ›Brüderchen‹ wieder nach

Nürnberg gezogen. Die Kleine hat es aber genervt, wie ihre Eltern das Baby für sich vereinnahmt haben und wollte weg. Dann«, fuhr er irritiert fort, »als sie sechzehn war, hat sie der Summerer nach München mitgenommen, geheiratet und sich als Vater eintragen lassen. Diesen Teil der Geschichte verstehe ich nicht«, schloss Hell.

»Das versteht überhaupt niemand, der nicht dabei war«, sagte Ruth. »Teresa hat es auch nicht verstanden. Aber sie war ja an ungewöhnliche Dinge gewöhnt, die niemand versteht: Eine Mutter, die sieben Jahre lang verschwindet und dann tot ist, ein fremder Mann, der ihr die Mutter weggenommen hat und ihr dann ein Leben lang auf sehr altertümliche Weise treu ist. Da war jetzt einer, der einen Teenager heiratet und das Kind anerkennt, nicht so ungewöhnlich.«

»Und auch als er seine andere große Liebe gefunden hatte, Teresa nämlich, hat er nicht einmal erwogen, die Familie zu verlassen«, schlussfolgerte Hell. »Wie war das für Teresa?«, fragte er.

»Es war okay«, sagte sie. »Da sind ja insgesamt drei Summerer-Kinder, das erste und zwei gemeinsame.«

»Ein ideales Arrangement«, sagte er. »Teresa wird vom Summerer geliebt und von Wate behütet. Der Summerer kränkt seine Frau nicht, weil er und seine Frau gute Freunde sind, die sich miteinander und mit den Kindern wohlfühlen. Ein harmonisches Bild«, sagte er. »Keine Konflikte zu sehen. Wer hat dafür bezahlt? Oder bin ich zu altmodisch? Ich misstraue immer diesen modernen Verhältnissen, wo es angeblich allen gut geht.«

»Es ist ein Suchbild«, erklärte Ruth.

»Ich sehe überhaupt niemanden, der von seinem Tod profitiert«, beschwerte sich der Kommissar.

»Man kann durch einen Tod Freiheit gewinnen«, sagte Kristina, die sich – immer noch voller Energie – neben ihn auf die Bank fallen ließ. »Teresa war zum Beispiel fast ein Teil von mir. Aber manchmal habe ich mir gewünscht, sie tät' sich wen anderen suchen. Also, ich mein', sie hat mich schon ziemlich blockiert auch.«

»Wie meinen Sie das?«, fragte Hell freundlich. »Hat sie Ihnen Vorschriften gemacht?«

»Nein«, sagte Kristina, die am liebsten schon wieder summen würde. »Aber sie hat zum Beispiel so ausschließlich von mir und dem Ostaberger geredet, dass ich mir den anderen gar nicht zugetraut habe. Nicht im Traum hätt' ich daran gedacht, dass das was wird.« »Trallalla«, sang sie noch in Richtung Ruth, stand auf und eilte in ihre Box.

»Hat Teresa den Summerer auch blockiert?«, fragte Hell Ruth, die nun wusste, wo Kristina in der Nacht gewesen war und gerade überlegte, was sie davon hielt.

»Fühlen Sie sich einfach in den Mann rein, schlag ich vor. Sie haben eine nette Familie und eine prächtige Geliebte, niemand macht Ihnen Vorwürfe, alle sind zufrieden damit, was Sie geben. Ist doch ideal für einen Mann, oder? Der Traum aller Männer! Na, wie fühlen Sie sich?«

Hell schloss die Augen. »Wie im Paradies. Ein bisserl langweilig kommt es mir vor«, sagte er und machte die Augen wieder auf.

»Wir machen gleich weiter«, meinte er zu Ruth: »Sie sind über vierzig und Ihr Freund verlässt Sie, weil ihm ein bisserl langweilig ist. So, wie fühlen Sie sich?«

Sie machte ebenfalls die Augen zu. »Na ja, schon sehr gedemütigt«, gab sie zu. »Und traurig. Und frei.«

»Was fühlen Sie?«, fragte Hell noch einmal nach. »Hat sich Teresa auf der Autobahn umgebracht?«

»Nein«, sagte Ruth. »Einerseits ist da endlich Freiheit, endlich ohne Bindung und Verantwortung eine große Tour machen, endlich losgelöst sein. Andererseits fühle ich auch Leere und Isolation, die Lebensader abgestorben. Ohne den Summerer hat sie die ganze Lebenskraft nicht, mit der sie mich und die anderen belebt hat«, gab sie tonlos von sich. *Mir kommt vor, das sind Teresas Gefühle,* dachte Ruth verunsichert und hingerissen von der Intensität. *Dabei sind es natürlich meine.*

»So, jetzt wieder Sie«, sagte sie laut zu Hell: »Sie verlassen eine geliebte Frau, weil Sie unzufrieden sind und die Frau stirbt dann. Vielleicht stirbt sie *daran.* Wie fühlen Sie sich?«

»Ich fühle erst mal nichts«, der Kommissar hatte die Augen wieder zugemacht. »Ich trenne mich und löse damit ein Problem«, wiederholte er die Situation. »Dann stirbt sie. Ich fühle nicht viel. Sie tut mir natürlich leid, aber es stört mich jetzt eher, dass sie mir damit Probleme macht. Scheiße, oder? Männer sind furchtbar.«

»Tut mir leid, dass ich störe, du musst Bier holen.« Ruth schreckte auf, sie hatte gar nicht mitbekommen, dass Kristina ins Mittagsgeschäft gestartet war. Schon war sie mittendrin in der Arbeit. Sie sah Wate beim Bierholen strafend an und er grinste unsicher zurück. Bora machte eine anerkennende Geste hinter seinem Rücken.

Die Gäste waren bei dem Sonnenschein gut drauf und Ruth wärmte sich vorsichtig an ihrer Freundlichkeit. *Ich habe mich immer an Teresa gewärmt,* dachte sie. *Jetzt wärme ich mich schon an den Gästen.* Sie fühlte sich unsicher und vergewisserte sich, dass Wate und der Polizist noch da waren. Der Polizist schaute sie an. Er sah sehr grimmig aus.

Er hatte sich gerade vorgestellt, er würde Ruth verlassen und sie stürbe daraufhin. *Ich würde mich gar nicht schuldig fühlen,* dachte er. *Aber sie wäre plötzlich viel wichtiger für mich. Dabei hätte ich keine Angst mehr vor ihr. Wenn sie tot wäre, könnte ich ihr näher sein.* Bei diesem dummen Gedanken macht er sein mürrischstes Gesicht.

Hell hoffte, dass vielleicht nur alleinstehende Polizisten so verklemmt waren wie er und merkte, dass er das Stiefmütterchen samt Wurzeln ausgerissen hat. Er stopfte es wieder in die Erde.

Er sah Yang vor dem Haupteingang eine Zigarette rauchen, ging zu ihm hin und fragte ihn nach Feuer. Der Chinese hielt ihm sein Zippo hin. »Sie sind blass«, bemerkte Hell. »Ja ja, ich bin ziemlich hell«, sagte Yang. Hell erwog, zu sagen, er, Hell sei hell.

»Ich schaue Ihnen manchmal zu«, gestand er stattdessen Yang freundlich. »Sie und Ihre zwei Kollegen arbeiten perfekt. Wie Artisten.« Yang sah ihn unergründlich an und sagte schließlich: »Was heute richtig ist, kann morgen ganz falsch sein.«

»Wollen Sie mich warnen?«, fragte Hell.

Yang ließ seine Zigarette fallen. »Trinken Sie ein klein Bier«, sagte er, »das nähr' das Herz und beruhig' den Geist.«

Er setzte sich wieder zu seiner Zeitung und dem Blumentopf und goss sich einen starken Kaffee aus seiner Thermoskanne ein. »Gut gemacht übrigens, das mit der Lady Di«, sagte er zu Ruth.

»Aber das war ja schon vor dem Wochenende«, sagte sie. Es kam ihr wie vor einer Ewigkeit.

Ihm kam es ganz aktuell vor. Er hatte am Sonntag am Abend auf sie geachtet, als sie mit Rita zu deren Auto gegangen war, und gesehen, dass sie ihre Füße kaum mehr vom Boden wegbrachte, ihr die Augen beim Gehen kurz zufielen und dafür ihr Mund offen war. Im Auto hatte sie eine Flasche Wasser angesetzt und anscheinend in einem Zug ausgetrunken und der Wagen war dann in Richtung Westen davongerollt, wo, wie Hell wusste, ein großflächiges Planquadrat eingerichtet war. Er hoffte, dass seine Kollegen den Frauen nicht den letzten Nerv ziehen würden. *Andererseits macht sie die Arbeit freiwillig und verdient sicher un-*

glaublich viel Geld, hatte er gedacht und war nach Hause gewandert.

»Erinnern Sie sich an Bobby Sands?«, riss eine Stimme Hell aus den Gedanken. Ruth war schon wieder weg. »Ihr Kaffee duftet mit Verlaub köstlich«, stellte Georg Sloraczny fest. Hell ruckelte mit dem Biertisch, damit der Rollstuhl Platz hatte und die Bedienungen trotzdem vorbei konnten, holte einen zweiten Becher aus seiner Tasche, schenkte Sloraczny einen kleinen Schluck ein und prostete ihm zu.

»Sie sind doch der China-Experte! Bobby Sands. Wie kommen Sie denn auf den?« Hell schaute auf den Rollstuhl, machte ein fragendes Gesicht und bereitete sich auf eine lange Geschichte vor.

»Nein, nein, das war was anderes«, sagte Sloraczny. »Ich hab' nur gestern Abend zufällig alte Videos und Berichte aus dem brennenden Belfast von früher gesehen. Im Internet, wissen Sie, da komme ich immer vom Hundertsten ins Tausendste. Der Junge hat damals wahrscheinlich gedacht, die ganze Welt wird sich ewig an ihn erinnern.«

Sloraczny schüttelte den Kopf und trank noch einen Schluck von dem heißen Kaffee.

»Das ist jetzt dreißig Jahre her. Ich habe heute schon mehr als zehn Leute gefragt, ob sie ihn kennen. Junge und Alte.« Er machte eine Pause. »Niemand erinnert sich«, sagte Ruths Vater, der sich selbst allerdings auch nicht gleich erinnert hatte. »Als ich gesagt habe ›siebziger Jahre‹, haben die einen auf einen Fußballer, die anderen auf einen Popstar getippt.«

»His life in your hands – vote Bobby Sands«, skandierte Hell grimmig. »Ich erinnere mich auch nur, weil meine Freundin damals Nordirland so furchtbar wichtig genommen hat.«

Er räusperte sich. »Also, ich habe die ganze Sache damals überhaupt nicht verstanden. Hunger zerstört den Körper ja wirklich. Und zehn Mann unter solchen Schmerzen elendig verrecken lassen? Für nichts? Für ein paar politische Phrasen? Geh, bitte.«

»Wie alt waren Sie denn da?«, fragte Sloraczny.

»Dreiundzwanzig.« Hell schüttelte noch einmal den Kopf.

»Ich kann es auch nicht verstehen«, sagte Sloraczny. »Ich habe mich fast gar nicht an ihn erinnert und habe jetzt ein bisschen recherchiert.«

»Wenn ich daran denke, dass dieser Konflikt in Nordirland als vollkommen unlösbar gegolten hat«, sagte Hell nach einer Pause zu Sloraczny. »Keine Chance, haben wir gesagt. Die Gewalt wird noch hundert Jahre dauern. Heute muss ich den jungen Kollegen erklären, was der Nordirlandkonflikt eigentlich war. Man kann es sich gar nicht mehr vorstellen.«

»Was war das für ein Spruch, den Sie da aufgesagt haben?«, fragte Sloraczny. »His life in your hands – vote Bobby Sands«, skandierte Hell noch einmal leise und schüttelte seinen Kopf. »Es gab damals in München viele Demos und meine

Freundin musste jedes Mal hin. Mit diesen Sprüchen ist sie dann immer nach Hause gekommen. Nachdem er in den Hungerstreik getreten war, haben ihn seine Anhänger für die Nachwahlen in einem kleinen Bezirk in Nordirland aufgestellt. Mit dem Spruch hat er sogar gewonnen und alle haben gedacht, dass Thatcher jetzt nachgeben muss, weil sie einen britischen Parlamentarier nicht verhungern lässt.« Er machte wieder eine Pause.

»Wann ist er verhungert? 1983?«

»1981.«

»Ich bin Polizist«, sagte Hell. »Ich sehe viel Sinnloses und viel Unsinn.«

»Polizist?«, Bora spielte den Entsetzten. »Kaffeetässchen am Maurermontag? Wollt ihr die Bedienung ruinieren? Man muss hier ein Bier bestellen, Männer.« Er räumte für Ruth ein paar Teller und Krüge ab und ging dann in Ginas Service, um dort ein paar Freunde zu ärgern.

»Polizist«, sagte Sloraczny, »räumen Sie den Unsinn denn auch auf?«

Hell grinste: »Wir gehen rein, machen unser Zeug und gehen wieder raus. Das sehen Sie ja in den Krimis.«

»Ist sicher mühsam. Warum machen Sie es?«

»Ich kann es ganz gut«, sagte Hell. »Und ich mag prinzipiell Menschen«, fügte er hinzu. »Und ich arbeite gern mit meinen Kollegen zusammen.«

»Seit wann stellst du denn Blumen auf?«, fragte Sloraczny Ruth, die plötzlich aufgetaucht war.

»Kennt ihr euch?«, fragte Ruth.

»Jetzt schon«, bestätigte Hell. »Wir haben von früher geplaudert.«

»Erzähl ja nichts über mich«, warnte Ruth ihren Vater.

»Keine Angst«, beruhigte Hell. »Wir haben über Margaret Thatcher gesprochen.«

Ruth sah ihren Vater scharf an und sagte dann: »Da kenn' ich mich gar nicht aus.«

»Ein Bier, bitte«, sagte Hell brav.

»Polizist, was?«, sagte Sloraczny, nachdem Ruth wieder weg war, und rollte ein paar Zentimeter vor und zurück. Dann nahm er seine Hände wieder von den Schwungrädern und legte sie sich auf den Bauch.

»Onkel, oder?«, sagte Hell im Gegenzug. »Warum beschäftigen Sie sich mit diesen alten Geschichten?«

»Na ja, ich bin natürlich viel zu Hause. Seit es das Internet gibt, sucht man sich eben Themen, die man recherchiert. Ich beleuchte gerade das Umfeld von einem Mann, den wir mal kannten«, erzählte er.

»Wir?«, fragte Hell.

»Ruth kannte ihn gut, es ist schon lange her und sie hat mir verboten über ihn zu reden«, sagte Sloraczny schnell, weil Ruth schon wieder da war und ihnen einen Teller Weintrauben mit Käse hinstellte. Und ein frisches Bier in zwei Krügen aufgeteilt. »Ihr müsst's nicht austrinken! Ihr seid eh selbstständig, sehe ich, ich muss jetzt mit Kristina reden.«

Sie schnappte sich ihr Tablett und stellte sich zu Kristina bei den Hendln an. »Wie viele sind noch offen?« Kristina zählte die Striche auf dem Block zusammen und sagte »Jede nimmt vierzehn, dann haben wir noch fünf Essen aus der Küche, die hole ich. Du gehst noch mal mit Getränken innen und außen. Dann erzähle ich es dir!«

Kristina umarmte sie fest und konzentrierte sich dann auf Yang, der ihr die Hühner auf den Teller schmiss.

Hell brannte darauf, von einem Mann zu hören, über den Ruth nicht sprechen wollte, fragte aber: »Wieso sind Sie viel zu Hause? Sie sind ja ziemlich mobil.« Und griff wie zur Bestätigung auf das rechte Rad des Rollstuhls. Er überlegte, ob er zum Spaß mit Sloracznys Hupe hupen sollte, unterließ es dann aber.

»Um die Mobilität geht es nicht in erster Linie«, sagte Sloraczny. »Meine Blase und meine Verdauung sind gelähmt«, erklärte er sachlich. »Das ist jetzt nicht so angenehm unterwegs. Obwohl mir inzwischen fast nichts mehr peinlich ist. Aber man möchte die Leute ja nicht belasten«, er zeigte auf die Gäste im Biergarten. »Die Haut funktioniert nicht mehr«, fuhr er fort. »Sitze ich zu lange im Rollstuhl, wird sie wund. Dann kann ich nur mehr wochenlang im Bett liegen und warten, bis die Löcher wieder zuwachsen.« Mitleidlos holte er Fotos aus seiner Tasche und hielt sie Hell hin: »Das ist ein normaler Dekubitus«, zeigte er ihm. »Das ist ein schwerer.« Hell sah sich die Fotos interessiert an und deckte sie mit der Hand ab, sodass seine Tischnachbarin sie nicht sah. Sie schaute natürlich trotzdem hin und kreischte: »Was ist das denn? Ich muss gleich kotzen!«

»Das mit der Verdauung und mit der Haut«, fragte er, »ist das bei allen Rollstuhlfahrern gleich? Sorry fürs Fragen, aber vielleicht kann ich das mal brauchen bei einem Fall.«

»Es ist bei jedem anders«, meinte Sloraczny.

Hell speicherte das ab und versuchte wieder auf den Mann in Ruths Leben zu sprechen zu kommen.

»Der Typ war in Nordirland?«

»Als britischer Soldat«, sagte Sloraczny, »über ein Jahr. Allerdings nicht zu Bobby Sands Zeiten, da bin ich gestern im Netz abgeschweift.«

»Knallharter Typ?«, fragte Hell.

»Ich glaube nicht«, sagte Sloraczny. »Ein ungewöhnlicher Typ sicher. Ruth war fasziniert«, erzählte er und schaute Hell an. »Den Falklandkrieg fand er noch gut, hat Ruth erzählt. Da hätten sie alle hingewollt. Endlich ein richtiger Krieg nach all dem Training, oder so.«

»Ziemlich anachronistisch«, sagte Hell.

»Ian ist diesen Frühling an Krebs gestorben, habe ich im Internet gelesen.«

»Ian«, merkte sich Hell.

»Nordirland hat ihn fertig gemacht. Das hat er damals Ruth erzählt und sie hat alles direkt mir weiter erzählen müssen. Sich wochenlang mit Kameraden in einem Zimmer verstecken und nur warten, dass was passiert. Wenn sie rausdurften, gab es keine Unterschiede zwischen Freund und Feind. Jedes nette Mädchen konnte eine Bombe werfen, jeder ältere Mann, mit dem man sich übers Fischen unterhielt, konnte ein Verräter sein, der nur mit einem plauderte, bis der Heckenschütze sein Gewehr platziert hatte. Vor allem das Warten hat ihn fertig gemacht. Er sagte von sich selbst, dass er vollkommen paranoid sei.«

Ist man paranoid, wenn man von sich sagt, man ist paranoid, fragte sich Hell.

»War er gewalttätig?«, fragte Hell.

»Er hat gekifft«, sagte Sloraczny. »Als mir Ruth erzählt hat, dass er jeden Tag in Ruhe einen Joint rauchte, hab' ich das gar nicht geglaubt. Ich dachte, man bekifft sich nur auf Partys«, erinnerte sich Sloraczny. »Na ja, Fernsehwissen eben«, lächelte er über sich selbst.

»Hat er wen umgebracht?«, fragte Hell.

»Er war britischer Soldat«, kam es zurück.

»Haben Sie ihn überhaupt gekannt?«, wollte Hell wissen.

»Nein, sie hat ihn gekannt. Sie hat mir alles erzählt. Sie war so überwältigt von ihm«, sagte Sloraczny. »Sie war über die Maßen glücklich. Sie hatte dieses Gefühl, endlich komplett zu sein.«

»Sehr schön«, sagte Hell. »Wie lange waren sie denn zusammen?«

»Siebenundzwanzig Tage«, knurrte Sloraczny und spuckte ein paar Weintraubenkerne neben sich auf den Boden. »Siebenundzwanzig Tage«, fuhr er Hell an. »Dann war er weg. Für immer.«

»Ich darf übrigens nicht über ihn sprechen, habe ich das schon gesagt?«, fügte er noch hinzu. »Also erwähnen Sie das bitte nicht, wenn Sie mit Ruth reden.«

Hell zupfte noch einmal das Stiefmütterchen gerade. »Natürlich nicht«, versprach er. »Entschuldigen Sie, aber ich muss jetzt gehen. Ich bin seit Stunden hier und muss noch einen Bericht schreiben.«

»Sie weiß nicht, dass er tot ist«, sagte Sloraczny noch.

Hell sprang auf und machte einen Bogen um Ruth. *Ich weiche ihr aus*, bemerkte er. *Ich bin zu blöd um mich von der Frau zu verabschieden*, fluchte er in Gedanken und zerknüllte sein Taschentuch in der Hosentasche. *Normalerweise würde ich ihr die Hand auf den Oberarm legen und ein Bussi auf die Wange geben, ganz wie nebenbei natürlich.*

»Tschüss dann«, sagte sie gerade zu ihm und legte die Hand auf seinen Oberarm. Hell beugte sich erschrocken zu ihr hinunter, um das nun erforderliche Bussi anzubringen, stieß aber nur mit seiner harten Stirn und seiner Nase an ihrem Gesicht an. »Auf Wiedersehen, Frau Netzer«, krächzte er und eilte weg.

»Man sieht sich«, sagte Sloraczny. Er nahm den Blumentopf in die Hand. »Polizist, na so was.«

Dienstag

Dienstagvormittag. Wunderbares Wetter. Blauer Himmel, schon um zehn Uhr war es warm. Der Maurermontag wurde besprochen und belacht. Maria richtete wie immer beiläufig Lisas hochgerutschten Ärmel. »Jetzt kauf dir halt einmal g'scheitere Blusen«, schimpfte sie. »Oder lass dir das blöde Tattoo endlich entfernen. Dein Vater ist ja wirklich schon lange genug tot.«

»Ein Tattoo?«, kreischte Gina vergnügt auf. »Zeig mal her!«

»Lass mich in Ruh'«, knurrte Lisa und seufzte in Richtung Maria: »Hast eh recht. Jetzt brauch' ich das gar nicht mehr.«

»Was sitzt's denn da herum?« Herr Pfeiffer machte seine Morgenrunde durch den Garten und jagte die Bedienungen auf. »Wer rumsitzt, kann gleich ganz daheim bleiben. Narrische Weiber.«

Alle standen murrend auf. »Der menstruiert wohl wieder mit euch mit«, hustete Lisa. Gina zog in dem Durcheinander Lisas Ärmel hoch und quietschte vergnügt auf, bis sie gelesen hatte, was da in blauer Schrift stand. Sie zog ihr den Ärmel wieder lang und murmelte: »Entschuldige, bitte. Warum lasse ich dich nicht in Ruhe, wenn du es schon sagst? Tut mir echt leid.« Lisa knurrte wieder etwas und begann, Speisekarten aufzulegen.

»Ihr seid so schräge Vögel hier. Mann, was ist denn das wieder für eine Geschichte mit Lisa?«, beschwerte sich Gina bei Ruth. »Sie war doch im Krieg noch gar nicht geboren. Ist sie pervers oder was?«

»Pervers? Nein sie ist nicht pervers. Was ihr immer gleich denkt«, sagte Ruth ungehalten. »Das war etwas gegen ihren Vater. Frag sie selber.«

Ruth war noch ganz hingerissen davon, was Kristina von ihrer Liebesnacht mit Wate erzählt hatte. Soooo hatte sie sich ihn nie vorgestellt. »Mit seinen großen Händen ...«, hatte Kristina vielsagend gewispert. Sie waren am Vortag noch lange in ihrer Ecke gestanden und hatten geraucht und Kristina hatte erzählt und geschwiegen und Ruth hatte zugehört und gleichzeitig an Ian und Hell gedacht. *Wieso denk' ich an den Hell?*, schimpfte sie in Gedanken mit sich selbst. »Und wie geht's weiter mit euch?«, fragte sie Kristina.

»Weiß ich doch nicht«, meinte Kristina, wiegte sich ein wenig in den Hüften und lachte. »Schau ma mal!«

Schau ma mal! Ian und sie hatten nur so wenige Nächte miteinander gehabt, in denen sie sich aneinanderklammern konnten. *Wolfsaugen. Wolfsblicke. Danach duschen, Kaffeetrinken. Natürlich türkischen Kaffee*, erinnerte sie sich.

Gott sei Dank war er Soldat in Nordirland, hatte Ruth gedacht, *er hat Terroristen gefunden. Dann findet er mich auch, wenn er mich sucht.*

Sie hatte ihn nie mehr gesehen.

»Hendl gibt's noch nicht«, hörte sie Gina sagen. Diese schaute gerade auf die Uhr. »Erst ab halb elf. »Wenn Sie vielleicht noch einen Weg haben ...?«

Eine Frau schaute entgeistert. »Weg? Was für einen Weg?«

»Na ja, zum Beispiel Lebkuchenherzerl für die Männer kaufen«, sagte Gina.

»Herzerl? Hamma schon Herzerl?«, fragte die Dame ihre Freundinnen. Alle sprangen auf und die Gruppe zog los zu einer der Verkaufsbuden.

Gina lief fast in den Rollstuhl von Georg Sloraczny hinein und entschuldigte sich. Dieser fuhr zu Alfons und Rulfo, die über ihren Notizen brüteten. »Habt ihr zufällig etwas über Yang herausgefunden?«, fragte er die beiden, um ein Gespräch zu beginnen.

»Der Polizist ist sicher, dass er der Chinese auf dem Video ist«, sagte Rulfo. »Und der Security-Typ misstraut ihm. Er stellt sich immer dazwischen, wenn wir mit Yang reden wollen«, berichtete Alfons.

Security-Chef misstraut Hendlbrater, fasste Sloraczny für sich ironisch zusammen, *Studenten decken professionelle Überwachung eines Hendlkochs auf.* »Das schaue ich mir an«, sagte er zu den beiden und begab sich Richtung Küche.

Vor dem Zelt saß der schrankhafte Mitarbeiter des Sicherheitsdienstes und rauchte. Sloraczny bat ihn um Feuer, rauchte neben ihm und fragte leutselig nach seiner Ausbildung. »Karate ist sicher Pflicht bei Ihnen«, begann er und sah das Namensschild »Frank«.

»Na ja«, sagte Frank.

»Sie müssen bei gefährlichen Situationen einschreiten«, sagte Sloraczny. »Betrunkene entwickeln enorme Kräfte, habe ich gelesen. Wie machen Sie das bei Schlägereien? Das interessiert mich!«

»Ja, hallo«, unterbrach eine hysterische hohe Männerstimme Frank, der gerade zu einer Erklärung ansetzte. »Lassen Sie doch den Behinderten nicht rauchen, das schadet ihm«, ein Paar war stehen geblieben und der Mann hatte den Security-Mann angesprochen. Frank war vollkommen überrumpelt. »Was?«, sagte er einfältig.

Dann sah Frank, dass die Frau Anstalten machte, Sloraczny die Zigarette wegzunehmen. Sie konnte später nicht mehr sagen, ob er aufgestanden und dann zu ihr hinübergegangen war. Sie wusste nur mehr, dass sich ein Meter fünfundneunzig eine Handbreit vor ihr materialisierten und sie noch nie so schnell alle Kraft verlassen hatte. Panisch lief sie weg. Ihr Begleiter hinterher.

»Sie sind schnell«, sagte Sloraczny zu dem Security-Mann, der auf seinem Kasten saß, als ob er nie weggewesen wäre und schnippte Asche auf den Boden.

»Der Schnellste ist da drin«, sagte Frank und deutete zur Überraschung von Sloraczny in Richtung Hendlküche. Sloraczny kannte sich nicht aus. »Von ihm habe ich alles gelernt«, sagte Frank.

»Sind Sie auch Koch?«, fragte Sloraczny. »Danke jedenfalls für die Gesellschaft«, er war gerade dabei, sich wieder zu seinen jungen Bekannten zu trollen, als ihm Frank seine Hand auf die Schulter legte. »Er ist kein Koch«, sagte er. »Er ist mein Lehrer. Er ist der Beste und der Schnellste.«

Sloraczny war wieder ganz dabei. »Wobei?«, fragte er.

»Kampfkunst«, sagte Frank.

»Könnte Yang jemanden töten?«, fragte Sloraczny.

»Er ist der Beste«, sagte Frank noch einmal, »und niemand interessiert sich dafür.«

Frank richtete sich auf, klopfte Sloraczny auf die Schulter und ging ins Zelt. Sloraczny rollte nun endlich zu Alfons und Rulfo und nahm Hell mit, der gerade im Garten erschienen war.

Hell blieb bei Ruth stehen: »Ich muss Sie etwas fragen«, sagte er zu ihr. »Wieso ist es Ihnen egal, dass Ihr Bekannter umgebracht worden ist?«, fragte der Polizist.

»Ich habe ihn gekannt, er war ganz nett«, fing Ruth an und merkte, wie schrecklich dünn ihre Stimme klang. »Vielleicht«, sagte sie, »spüre ich was, wenn das hier vorbei ist. Ich empfinde jetzt eben nichts wegen ihm.«

»Wieso ist ihr das egal?«, fragte er später Alfons, ohne dabei eine Antwort zu erwarten. »Nicht mal mir sind Opfer egal. Und ich kenne sie ja gar nicht.«

»Sie ist im abgesicherten Modus«, erklärte Alfons. »Wie beim Spielen ist man selbstvergessen, von der Umwelt abgeschottet und nimmt wenig außerhalb wahr. Alles ganz normal«, sagte er und klopfte Hell auf den aufgestützten Unterarm.

»Ich möchte ganz kurz noch mal«, er beugte sich nach vorn zu Hell, »über die Frau sprechen, die

Ramer vergewaltigt hat. Vielleicht habe ich Sie damals falsch verstanden«, hoffte er.

»Ja?«, sagte Hell.

»Und?«, fragte Alfons.

»Sie ist der Welt verloren gegangen, sie sieht aus wie eine Pennerin. Ich glaube, sie versteht immer noch nicht, dass ihr Mann und ihre Kinder weg sind. Es war eine gute Ehe. Sie will ihr altes Leben zurück. Das hat sie gesagt. Wollen Sie das auch verwenden?« Hell fragte das fast drohend.

Alfons bemerkte das gar nicht und sagte »Klar, danke. Unglaublich. Die Ehe ist gut. Sie wird vergewaltigt und der Ehemann scheißt auf sie.«

Alfons blätterte zurück. »Der andere Mann hat sein Zeug angepinkelt, damit ist es für ihn wertlos. Er will mit der Frau nichts mehr zu tun haben«, murmelte er. »Die Kinder nimmt er mit.«

»Rulfo ist kein Name«, sagte der Polizist unvermittelt zu Rulfo, der sich setzte. »Künstlername«, sagte Rulfo.

»Erzählen Sie uns endlich, wie der Ramer freigesprochen worden ist.« Alfons Stimme klang lauter als er wollte.

»Das Übliche«, sagte Hell. »Ihr seid ja noch jung. Räuber und Mörder bringen wir öfter zur Strecke«, meinte er und ließ vor seinem geistigen Auge eine doch recht lange Reihe von Gewalttätern vorüberziehen, die im Laufe seiner Dienstzeit bestraft worden waren.

»Wie geht der Trick?«, fragte Alfons mit gespitztem Bleistift.

»Es ist gar kein Trick«, sagte Hell. »Die Leute sind halt gerne auf der Seite des Stärkeren.«

Grimmig diktierte er Alfons: »Pluspunkte für Siegertypen. Es lief ganz klassisch ab: Anklage unter Mediengeheul – *gegen* Ramer natürlich, dann die sogenannte ›Versachlichung‹ am Beginn des Prozesses mit den üblichen Kommentaren, dass ja in Wirklichkeit nur die beiden wüssten, was passiert sei, gern von weiblichen Journalistinnen übrigens. Dann medial schön platzierte Interviews mit hübschen Frauen, die davon erzählen, wie gern sie einem Ex mal so etwas angehängt hätten; dann seine große Aussage: Er erzählt ein wildes sexuelles, selbstverständlich freiwilliges, Abenteuer mit ihr – das Opfer wird immer unglaubwürdiger. Es folgt begeisterte Berichterstattung *für* ihn – Freispruch.«

»Freiwillig? Er hat ihr doch ein paar Zähne ausgeschlagen, drei Finger gebrochen, Haarbüschel ausgerissen.«

»Ja«, bestätigte Hell. »Im Krankenhaus haben sie ihr noch die Milz entfernen müssen.«

»Unglaubwürdig?«, fragte Rulfo nach.

»Ja mei. Sie hat erst Stunden später bei uns angerufen, hat unterschiedliche Angaben zum zeitlichen Ablauf gemacht. Der Ramer hat über das gemeinsame erotische Abenteuer mit seiner Sekretärin im Büro schwadroniert, seiner Aussage nach ist er dann gegangen und jemand anderer hat sie zusammengeschlagen, vielleicht ihr Mann, hat er gesagt, das könne er ja irgendwie verstehen.«

»Und das hat der Richter geglaubt?«

»Vor allem den ersten Teil haben alle gern nachvollziehen können. Ausländerin ist sie auch. Schwedin noch dazu. Die Richter und Anwälte haben ja auch ihre Fantasien im Kopf. Der Richter sagte, er habe keinen Beweis. Ramer ist freigesprochen worden. Mannheimer hat sich scheiden lassen. Wir bekamen den Auftrag, den Schläger zu suchen.« Hell lachte höhnisch auf. »Die Journalisten hatten unglaublich viel Material. Ein Journalist hat sogar einen Preis für eine Reportage darüber bekommen«, erinnerte er sich plötzlich.

»Gehört das dazu, dass alle gern noch mal das Opfer treten?«, fragte Rulfo.

»Ich glaube, die Frau ist in so einem Fall einfach jedem vollkommen wurscht«, sagte Hell langsam. »Natürlich tut es allen irgendwie leid, dass einer echten Frau so etwas passiert ist, natürlich auch den anderen Frauen. Aber andererseits will das niemand zu seinem Hauptthema machen. Man gehört lieber zu denen, die nicht, pardon«, Hell sah zu Sloraczny, »gefickt werden.«

Alle schwiegen.

»Das ist jetzt natürlich nur die Meinung eines frustrierten Polizisten«, sagte Hell zu Alfons. »Fragst du zehn Leute, hörst du zehn verschiedenen Erfahrungen und Meinungen.«

»Eh klar«, stimmte Alfons zu.

Rulfo und er steckten die Köpfe zusammen und kritzelten auf ihren Papieren herum.

Sloraczny hatte dem Gespräch missbilligend

gelauscht. »Vergewaltiger sind doch das letzte«, schnauzte er den Polizisten an. »Wenn sie es wirklich gemacht haben.«

Hell sah ihn an und verdrehte die Augen. »Anstrengend«, erwiderte er, »sind Typen, die die ganze Zeit über diese Männer reden und mit den Frauen nichts zu tun haben wollen. Das ist meine Erfahrung. Oder die, die sich am Täter rächen wollen.«

»*Sich* rächen?«, fragte Sloraczny.

»Ja«, fuhr Hell fort, »ihnen ist etwas gestohlen worden, es ist immer das gleiche Muster: zuerst Entsetzen, dann Selbstmitleid bei den Männern, dritter Schritt: Trennung.«

Kristina mischte sich ein: »Das stimmt. Ich höre euch schon die ganze Zeit zu. Das stimmt: Sie wollen die Frau nicht mehr und sagen dann Dinge wie ›Die Arme hat es nicht verkraftet‹. Arschlöcher.«

»Warum?«, wollte Sloraczny wissen. »Niemand hat sich von mir getrennt, obwohl ich sicher am Beginn meiner Rollstuhlzeit nicht zu ertragen war, meine Inkontinenz nicht im Griff hatte und natürlich außerdem impotent bin.«

»Schwer zu sagen«, sagte Hell.

Sloraczny fasste sich. »Der Ramer«, sagte er dann langsam, »war übrigens immer schon widerlich.«

Alle nahmen einen Schluck.

Rulfo fragte: »Beispiel?«

»Ich habe dir ja schon gesagt, dass er mal bei uns gearbeitet hat«, sagte er zu Alfons und rollte mit dem Rollstuhl vor und zurück.

»Die Chefin hatte ihn geholt. Sondervertrag und so. Das war damals noch etwas Besonderes. Die Konkurrenz hatte aufgeholt, wir waren die besten Ingenieure, aber die Firma hat nicht entsprechend verkauft. Bei großen Maschinen.« Er schaute die anderen entschuldigend für den Exkurs an. »Bei großen Maschinen kannst du nichts über Masse verkaufen. Du brauchst einfach die besten Verkäufer.«

»So einen brauchen wir auch!«, schwärmte Rulfo.

»So einen braucht ihr nicht«, widersprach Sloraczny.

»Ramer war praktisch unkündbar, hatte ein Riesengehalt und absolute Macht über das Sales-Team. Er verdoppelte zuerst die Provisionen. Das Team verkaufte wie verrückt. Wer nicht mitkonnte, flog. Wer beim Goldrausch dabei sein wollte, musste vierteljährlich, pardon«, er sah Hell an, »Scheiße fressen.«

»Er hatte natürlich ein eigenes Büro«, fuhr Sloraczny fort. »Nach einigen Wochen hatte sich der Name ›Ziegenstall‹ dafür etabliert. Beim vierteljährlichen Meeting kam er immer mit einem fürchterlichen Geruch daher. Ein süßliches Rasierwasser mischte sich mit dem Geruch von ungewaschenem Mann und Hundescheiße. Das Meeting war immer an einem Montag. Er hatte an diesem Tag immer die gleichen Schuhe an. Ich habe ihn einmal beobachtet, wie er damit morgens in Hundescheiße gestiegen ist. Er hat die Verkaufszahlen verkündet und die Boni verteilt. Und ich sage euch, er ist von einem zum anderen gegangen und hat ihnen seinen Pesthauch ins Gesicht geatmet. Keiner ist zurückgewichen, die Frauen hat er am Hintern getätschelt – keine hat etwas gesagt. Die Männer hat er zu diesen Halbumarmungen gezwungen und die anzüglichsten Scherze mit ihnen gemacht. Widerlich war nicht nur, wie er die Leute behandelt hat, sondern natürlich, wie sich die Leute nicht gewehrt haben. Alle haben mitgemacht und zugesehen, sie haben sich sehr geschämt und trotzdem haben sie es gemacht.«

Sloraczny schüttelte sich. »Opfer und dabei so widerlich.«

»Starkes Beispiel«, sagte Alfons.

»Ein raffinierter Hund«, fasste Hell zusammen. »Sich Schämen bindet den Einzelnen an die Gruppe, das wissen wir von den Jugendbanden.« Er hatte die Hand wieder auf dem Rad.

»Wie sind Sie ihn losgeworden?«

»Die Chefin hat ihn zu einem Gespräch gebeten. Da hat er sich überschätzt. Ich meine, hätte sie sich dieses eine Mal auf ihn eingelassen, wäre sie aus der Dynamik nur mehr schwer rausgekommen.«

»Was hat sie gemacht? Das hast du ja gar nie erzählt«, beschwerte sich Ruth.

»Sie hat ihn schon am Gang abgefangen und einfach heimgeschickt. Er solle sich mal duschen und umziehen. Nach zwei Wochen war er dann weg.«

»Und was war mit dem Sondervertrag?«

»Frauen halt. Sie hat ihn bei einem Abendessen mit der Autobranche über den grünen Klee gelobt und seine Zahlen erwähnt. Und dass sie so dankbar ist, dass ihn ihr keiner abwirbt. Von denen hat ihn einer rausgekauft.«

Alle schauten zu Ramers Tisch hinüber. Ramer prostete ihnen jovial zu.

Kristina kam mit einem Tablett voller Grillhendl zum Nachbartisch. Alle atmeten versonnen den frischen Geruch ein.

Sloraczny räusperte sich und erzählte dann der ganzen Runde seine neuen Erkenntnisse über den Koch.

Hell sah, dass Frank gerade wieder ein Päuschen draußen im Garten machte, stand auf und ging zu ihm hin.

Sloraczny folgte ihm nach einigen Minuten und stellte sich einfach dazu.

»Wovon lebt er denn?«, fragte Hell gerade. »Ein Flüchtling, der keine regelmäßige Arbeit hat und kein Geld vom Staat nimmt, muss auch von etwas leben.«

»Er trainiert«, schilderte Frank. »Er trainiert den ganzen Tag. Damit die Kunst nicht verloren geht. Die Miete verdient er bei Volksfesten als Hendlkoch. Für das Notwendigste kommen seine Schüler auf. Damit die Kunst nicht verloren geht.«

»Gibt es Frauen als Schülerinnen?«, fragte Hell.

»Nein«, sagte Frank.

»Er trainiert auch hier den ganzen Tag«, berichtete Rulfo, der dazu gekommen war: »Er steht nur auf einem Bein, er wechselt die Schlaghand beim Hendlzerhacken. Ich dachte zuerst, er ist Linkshänder, aber er wechselt einfach die Hand.«

Hell überlegte kurz ein Szenario, in dem Yang bei dem Mord aktiv gewesen sein könnte. *Der Sportreporter Summerer hat Yang erkannt*, überlegte er, *er will den zurückgezogenen Kampfkunst-Meister an die Öffentlichkeit zerren. Wahrscheinlich hat Yang auch Geheimnisse vor den Chinesen. Es darf nicht bekannt werden, dass er in München lebt. Er schnappt sich das Messer und bringt den Summerer um, als er ihn hier im Zelt sieht.*

Er fragte Frank: »So einer wie Meister Yang, wie würde der am effizientesten den Summerer töten?«

Frank sagte: »So.« Dabei wechselte er blitzschnell die Position und seine beiden Fäuste waren an Hells Oberkörper, ohne dass dieser sie kommen gesehen hatte. »Wenn ich zuschlage, wird Ihnen schlecht und die Schläge tun höllisch weh«, erklärte Frank. »Wenn er zuschlägt, sind Sie tot.«

Ein Messer hätte er nicht gebraucht, fasste Hell für sich zusammen. »Danke«, sagte er zu dem Security-Mann.

Er schaute Yang noch eine Weile bei der Arbeit zu und ging dann in sein Büro.

Mittwoch

»Sorry, Lisa, kannst du mir bitte das mit deinem Tattoo erklären. Die Ruth will es mir nicht erzählen, irgendwas mit deinem Vater, hat sie gesagt.« Gina brachte Lisa einen Vormittagskaffee. »Es lässt mich nicht los. Also trau' ich mich zu fragen.«

»Mei, das hab' ich schon lange nicht mehr erzählt«, seufzte Lisa. »Also Kurzfassung: Mein Vater war bei der Wehrmacht. Das war ja damals ganz normal. Meine Mama war seine zweite Frau, sie haben 1952 geheiratet. Als ich fünfzehn war, haben wir erfahren, was er in Polen alles gemacht hat, die Drecksau. Das erzähl ich dir jetzt gar nicht. Das Letzte, sag ich dir.« Lisa nahm einen Schluck und stellte die Tasse sorgfältig wieder auf den Tisch. »Meine Mutter hat uns genommen und wir sind sofort zu den Großeltern gezogen. Aber eine kleine Stadt, weißt eh. Er war bei der Feuerwehr, im Gemeinderat ist er auch gesessen. Weg haben wir nicht können. Das war damals so. Wir haben ihn fast jeden Tag gesehen und ich hätt' jeden Tag kotzen können vor Hass, dass sich der durch uns in ein normales Leben schleichen wollte. Dass der mein Vater geworden ist, das kann ich heute noch nicht ertragen. Zuerst wollt' ich mir Stalin auf den Oberarm tätowieren lassen. Wie ich dann beim Tätowierer war – siehst eh, Künstler waren das damals keine – hat er gemeint, Schrift kann er besser. Und da hab' ich mich spontan für das da entschieden. Die Schrift und der Galgen waren damals noch kleiner. Den nächsten Sommer war ich nur kurzärmelig unterwegs. Das waren die sechziger Jahre. Weißt eh, da war bei uns überhaupt niemand tätowiert außer irgendwelchen Knastbrüdern. Das Jugendamt wollte sogar meine Mutter deswegen in Schwierigkeiten bringen. Aber wie die Maria sagt, jetzt ist es schon lang her, dass er sich aufgehängt hat und es ist eigentlich schon sinnlos. Ich werde es jetzt dann wirklich mal wegmachen lassen.« Sie stand auf. »*Dein* Vater war übrigens ein Lieber«, sagte sie zu Gina. Sie strich ihr über die Schulter. »Ich weiß schon, dass er ein sogenannter Versager war und mit Teresa und Wate nicht mithalten hat können«, sie setzte sich noch einmal und sah Gina an. »Aber er war wirklich reinen Herzens. Ich erinnere mich noch. Er war wahnsinnig stolz, dass er deine Mama gekriegt hat, dass er sie glücklich machen hat können und dass er dich zusammengebracht hat.« Lisa gab ihr einen Klaps auf den Rücken und machte sich davon.

Gina blieb sitzen und weinte.

Georg Sloraczny war schon wieder hier. Jahrelang, seit seine Tochter hier arbeitete, hatte er das Oktoberfest gemieden.

Er hatte vermutet, dass Ruth nur um ihn zu ärgern diesen abscheulichen Beruf ergriffen hatte. Wenn er früher mit seinen Arbeitkollegen unterwegs gewesen war, hatte er immer die Bedienungen beobachtet und sie verachtet, weil sie so grob waren. Er fand sie ungebildet und geldgierig. Warum wollte Ruth so sein? Sie sollte Lehrerin sein, fand er. Sie sollte Kindern sagen, was richtig ist und Jugendlichen, was falsch ist. Eine wie Ruth könnte sich durchsetzen bei den jungen Leuten und ihnen Werte vorleben. Er hatte es persönlich erniedrigend gefunden, dass seine Tochter auf diese Art Geld verdiente. Er hatte sich für sie geschämt.

Dieses Jahr kam er fast jeden Tag, wenn das Wetter gut war und nicht zu viele Leute da waren. Am späten Nachmittag verzog er sich, von Freitag bis Sonntag kam er natürlich gar nicht. »Da bin ich eine Gefahr«, sagte er einmal zu Hell. »Stellen Sie sich vor, ein Rollstuhl in der Menschenmasse. Da kann es Tote geben. Die Leute in der Menge sehen mich ja nicht. Schauen Sie mal.« Er zeigte aus einer Zeitschrift ausgeschnitten eine Bildfolge, in der mithilfe eines Computerprogramms das Entstehen einer Massenpanik abgebildet war.

»Gesetze der Strömungslehre.« Sloraczny dozierte: »Die Leute direkt hinter mir sehen mich, die nächsten sehen mich nicht, weil ich zu niedrig bin, sie drängen nach vor, einer fällt über mich drüber. Sehen Sie: Das Hindernis erzeugt einen Wirbel. Hier gibt es Tote.«

Aber Hell war heute nicht da. Sloraczny beobachtete dieses Jahr nicht nur die Bedienungen. Er schaute sich auch die Gäste in aller Ruhe an. Er hatte in den vergangenen Tagen bemerkt, dass sich manchmal an Tischen eine Dynamik entwickelte, bei der die Leute einander plötzlich häufiger berührten, wenn sie etwas sagten. Eine Art von harmlosem Glück schien sich auszubreiten. Sloraczny dachte über den Grund dafür nach. *Ursache und Konsequenz*, dachte er technisch. *Die Folgen kann ich sehen, aber was ist der Auslöser dafür, dass sich die Leute verändern?*

Bora kam vorbei und räumte ein paar Gläser ab. »Passen Sie mal kurz auf das auf«, befahl er Sloraczny, und ließ eine Handtasche bei ihm stehen, die er vom Boden geangelt hatte.

»Was arbeiten Sie eigentlich normalerweise?«, fragte Sloraczny.

»Die ersten Jahre habe ich alles gearbeitet, es war die erste Stufe von nichts schon«, sagte Bora rätselhaft.

»Und jetzt?«, fragte Sloraczny.

»Ich repariere«, meinte Bora und schaute sich den Rollstuhl genauer an. »Apparate und Herzen«, führte er aus, zwinkerte Sloraczny verschwörerisch zu und zeigte gleichzeitig auf Gina.

Bei Marias Tischen war gerade Krawall ausgebrochen. Eine Großfamilie stand herum. Sechs Kinder zwischen drei und zehn Jahren. »Da sind die Nachbarskinder auch dabei«, schmunzelte Sloraczny.

Maria schimpfte mit den Eltern und kreischte dabei fast so wie Marietta: »Jeder, der hier sitzt, muss etwas konsumieren. Wir leben nur vom Umsatz.« Sie wandte sich ihren anderen Gästen mit verdrehten Augen zu. »Was glauben die eigentlich!«

Gina winkt die Familie zu sich, also in die Nachbarreihe, wo Sloraczny alles mithören konnte. Der Mann schaute weder seine Frau noch die Kinder an. Er hatte ein paar Gutscheine von der Brauerei in der Hand, machte ein ärgerliches Gesicht und fuhr Gina an, dass er das Recht hätte, dafür ein paar Getränke und vier Hendl zu bekommen, auch wenn nicht jedes Kind etwas konsumierte.

»Sowieso«, sagte Gina entwaffnend. Sie sah die verunsicherten Kinder. Sie schämten sich. »Die Kollegin hat euch ja nur deswegen weggeschickt«, sie schaute geheimnisvoll die Kinder an, »weil ... weil es die Piratenlimo und die Räuberteller nur auf diesem magischen Tisch gibt. Ich hole euch mal alles.«

Die Kinder kicherten, der Familienvater sank bleich auf die Bank und Sloraczny zückte im Geiste schon die Geldbörse, um die unbestellten Mehrkosten zu übernehmen.

»Dass diese Bedienungen immer so gierig sind«, schimpfte er seinerseits leise. »Der Mann kann sich keine Kinderteller leisten. Das merkt man doch.«

Gina brachte zwei Bier für die drei Erwachsenen, drei Limoflaschen und sieben Trinkhalme. »Jedes Kind kriegt nur einen Halm, einer ist die eiserne Reserve«, erklärte sie. »Sooo, und diese Piratenlimo reicht für euch alle sechs.« Sie stellte die drei Flaschen in einer Linie auf den Tisch. »Ihr dürft nur nach den geheimen Regeln trinken, dann reicht es für alle. Die Oma sagt euch, wenn ein Sturm aufkommt, dann dürfen alle einen Schluck machen. Der Jüngste beginnt, der Älteste ist der Letzte.«

Nach zehn Minuten kam sie mit vier Hendln daher und stellte sie auf den Tisch zu den Erwachsenen. »Und sechs Räuberteller: Noch sind sie leer, aber ihr dürft von den Erwachsenen kleine Stückchen klauen und aufessen. Die Brezen teilt der Papa auf.«

Dieser war unverändert schlechter Laune. »Ihr nehmt es wirklich von den Lebendigen«, grantelte er beim Zahlen. »Das ist eine reine Abzocke geworden, die Wiesn.«

»Alles klar, mit den Räubertellern und den Gutscheinen kommen wir auf fünfzehn Euro«, rechnete Gina vor.

»Für echten Herrn ein schöner Tisch«, sagte Bora und wischte Sloracznys Tisch trocken. »Immer mit Krawatte. Jeden Tag gut rasiert. Old school.« Er machte ein hochnäsiges Butler-Gesicht: »Champagner and lobster for breakfast, Sir?«

»Ach«, meinte Sloraczny und musste über Boras Faxen lächeln.

»Ein echter Herr, sagst du? Ein Herr ist einer, der sich nicht versteckt und der nicht davonläuft«, seufzte er und erinnerte sich an einige innere Verstecke, in denen ihn niemand fand. *Mein Rollstuhl ist das beste Versteck*, dachte er verächtlich.

»Gib bitte diesen Zehner später der kleinen Kellnerin. Sie war gerade wirklich sehr nett.«

»Das ist nicht alles«, teilte ihm Bora mit, als er wieder vorbeikam. »Ich laufe nicht weg, ich verstecke nicht, aber ich bin kein Herr.«

»Sie passen gut hierher«, sagte Sloraczny zu ihm. »Zu all den Frauen.«

»Wie kleine Vögel«, lächelte Bora.

»So, du Vogel«, eine schwere Hand legte sich auf Boras Schulter und er stand plötzlich im Schatten. »Wo ist meine Frau?«

Bora sah ihn an. »Ich kenne nicht.« Er ließ offen, ob er den Ostaberger selbst oder seine Frau nicht kannte. Er zeigte auf Wate, der wie immer hinter der Schänke stand. »Wate kennt alle lange«, teilte er dem Fremden mit.

»Woher der das schon wieder weiß«, seufzte Ruth, die gerade herkam. »Er kümmert sich nie um Kristina, aber so etwas spürt sogar der Ostaberger. Das ist Kristinas Exmann«, erklärte sie ihrem Vater und Bora. Alle drei sahen ihm nach, wie er zu Wate ging.

Gespannt beobachteten sie dessen Reaktion auf die Frage nach Kristina und sahen ihn lässig mit den Schultern zucken. Dann zeigte er mit dem Arm in eine Richtung und unterhielt sich weiter mit Hjarne.

Alfons schlenderte vorbei, versuchte etwas von dem Gespräch aufzuschnappen und kam dann zu Sloraczny und Ruth.

»*Das* ist auch so eine Type hier bei euch«, sagte er. »Der kann singen, dass es einem eine Gänsehaut aufzieht. Und dann spielt er bei dieser albernen Bierzeltmusikgruppe diese Idiotenmusik. Er könnte doch als richtiger Musiker auch Geld verdienen«, beschwerte er sich.

»Aber nicht so viel wie in einer Bierzeltkapelle«, erklärte Ruth. »Wenn er richtig singt, verlangt er kein Geld. Diese Zeltfeste sind eben seine Geldquelle.«

»Wie bei Yang«, entfuhr es Alfons nachdenklich.

Sloraczny wartete gespannt auf mehr Geschichten über Hjarne. Er wollte aber nicht neugierig erscheinen und holte daher aus: »Hjarne, das ist ja auch so ein alter Name, den gibt's ja praktisch nicht mehr.«

»Es ist kein alter Name«, verbesserte Ruth, »sondern ein skandinavischer. Ich glaube, er ist Däne.«

»Und wie hat es ihn nach Bayern verschlagen?«, fragte Alfons.

»Irgendwas mit Wate«, sagte Ruth. »Wate hat ja früher in vielen Ländern gearbeitet und irgendwann hat er Hjarne mitgenommen und bei einer Kapelle untergebracht.«

»Ja, um die Künstler muss man sich immer ein bisschen kümmern«, seufzte Sloraczny.

»Um Hjarne muss man sich eigentlich gar nicht kümmern. Aber viele möchten sich um ihn kümmern«, erzählte Ruth.

»Warum nicht um mich?« Kristina, war gerade vorbeigekommen. »Ich würde es so lieben, wenn sich alle um mich kümmern wollen würden. Aber die *wollen* immer was von mir!« Sie machte ein empörtes Gesicht und ging zu den Gästen.

»Frauen?«, fragte Sloraczny. »Möchten sich vor allem Frauen um ihn kümmern?«

»Die verzehren sich nach ihm, bei der Stimme kein Wunder«, sagte Ruth. »Aber Männer kümmern sich genauso. Immer wieder.«

Donnerstag

Hjarne und Ian saßen nebeneinander am Steg. Hjarne konzentrierte sich auf Kleinigkeiten. Seine Füße hingen in einen kleinen Bach. Die Abkühlung breitete sich langsam nach oben aus. Von oben wärmte die Sonne. Er nahm seinen Hut ab. Eine Wespe schwirrte vorbei. Der Bach machte fast kein Geräusch, gelegentlich vernahmen sie ein leises Glucksen.

»Früher«, sagte Ian, »haben wir einiges weggefischt.«

»Heute«, sagte Hjarne, »lachen uns die Fische aus. Hast du Schmerzen?«

»Nein«, antwortete Ian. »Nicht mehr.«

»Hast dich gut gehalten.« Hjarne klopfte seinem alten Freund auf den Rücken.

»Wir sind ja Krieger«, erklärte Ian. »Wie schön, mal wieder einen Kameraden neben sich zu haben.« Er hatte plötzlich ein großes Messer in der Hand.

»Wann sagst du es Ruth?«

»Es gibt jetzt einen neuen Mann«, sagte Hjarne.

Ian lächelte: »Und Hjarne«, er schloss die Augen und machte sie wieder auf, »sah mit Freuden Fäden sich spinnen.«

Hjarne sah ihn durchdringend an. »Habe ich lange nicht gehört.«

»Oft bist du ja nicht bei mir«, beklagte sich Ian.

Sie zogen die Füße aus dem Wasser und wanderten zur Schänke. »Wann waren wir zum letzten Mal hier im *Maritornes*?«, fragte Ian. »Da war ich noch ein anderer.«

Sie setzten sich und wie immer, wie Hjarne schien, wurden Stühle gerückt und Leute setzten sich zu ihm.

Ruth glaubt, dass du die Liebe nicht ertragen hast, dachte er und sah seinen alten Gefährten an. *Aber du warst einfach schon zu erschöpft.*

»Ihr habt es besser gemacht.« Ian begrüßte Teresa und Wolf, die Hand in Hand daher geschlendert kamen.

»Kennen wir uns?«, fragte Wolf.

»Ich kenne dich«, sagte Ian. »I am good at waiting«, sagte er zu Teresa.

»Sie lässt dich jetzt gehen«, Teresa strich ihm über den Kopf. »Passt dir das?«

»Ich bin schon seit so langer Zeit weg. Ich werde mich nun ganz fern halten. Nicht, dass ich sie so rüberziehe wie du deinen Wolf.«

»Brauchst du nicht«, sagte Teresa.

»Ihr könntet auf jemanden aufpassen«, schlug Hjarne vor.

»Auf Gina«, sagte Teresa. »Sie hat sich auf den Weg gemacht, seitdem ich weg bin.«

»Auf die, die mich gesucht hat«, widersprach Hjarne.

Er erhob sich und klemmte sich seinen Bass unter den Arm.

»Was machen wir jetzt?«, fragte Wolf.

»Wir schauen ein bisschen zu«, schlug Ian vor.

»Where is your smile?«, wollte er von Teresa wissen und drückte sich an sie.

Der Schmerz, erinnerte sich Hjarne an alte Zeiten, ist ein Stein aus Obsidian. Trifft er dein Herz, wird er zur Rose.

Freitag

Am Freitag sah Ruth wieder Wolfs Foto in der Zeitung ihrer Sitznachbarin in der Schnellbahn. »Journalist von eigenem Sohn erstochen?« Diesmal kaufte sie an der Station die ganze Zeitung.

»... vorige Woche gleich verblutet«, las sie. »Todesmeldung war einen Tag zurückgehalten worden«, stand da. »Der Sohn von Wolfgang Summerer hat gestern gestanden.«

Was?, fragte sie sich. *Vielleicht haben sie einfach der Familie einen Tag Ruhe gegönnt. Vor den geiernden Kollegen von der Zeitung,* dachte sie.

»Woher hat ein Wirtschaftsstudent ein Chirurgenskalpell?«, fragte sie den Kommissar, der am Freitagmorgen wieder zum Weißwurstessen kam, sich an den Tisch mit dem welkenden Stiefmütterchen setzte und immer noch erschöpft aussah. *Oder schon wieder?*, überlegte Ruth.

»Das kauft man sich im Internet, im medizinischen Onlineshop«, sagte er. »Das kaufen sich auch Imker, Bastler und verschiedene andere Leute.« *In Wirklichkeit war es kein Skalpell, sondern ein doppelt geschliffener Hirschfänger*, wollte er sagen. Es hätte ihm gefallen, ihr zu verraten, dass das Skalpell nur ein Trick gegen Trittbrettfahrer war. Er sehnte sich danach, kleine Geheimnisse mit ihr zu teilen.

Ruth brachte ihm sein Frühstück, setzte sich zu ihm. »Was ist das für ein kranker Junge?«, fragte sie ihn.

Wie ist es, jemanden zu erstechen?, fragte sie sich zum ersten Mal.

Sie stellte sich vor, ein Messer in der rechten Hand zu haben. Ruth hatte noch nie in etwas Lebendiges geschnitten. Sie legte die Hand mit dem imaginären Messer an die Taille, und stieß es – von außen nicht sichtbar – einem Vordermann in den unteren Rücken. *Geht die Klinge durch die Haut durch wie durch Butter, oder muss ich säbeln?*, fragte sie sich. Sie spürte, wie das Messer durch pulsierendes Fleisch fuhr, Blutbahnen und Nerven durchtrennte. Ihr wurde übel.

Man spürt es, wenn man in ein lebenswichtiges Organ eindringt, stellte sie sich in ihren Gedanken vor. Ihre rechte Hand verdorrte bis zum Ellenbogen.

»Er hat den Summerer gehasst, seit er begriffen hat, was es bedeutet, dass seine Mutter so jung war. Er hat sich immer und immer wieder vorgestellt, wie der Summerer seine kleine dreizehnjährige Mutter vergewaltigt hat. Das war eine echte Obsession.«

Hell dachte wieder daran, dass Bilder – einmal da – nicht mehr leicht aus dem Kopf verschwanden.

Ruth weinte. Sie dachte an den Sonntag. Teresas Wolf war da gewesen und hatte mit ihr reden wollen. *Er war da, um mit uns über sie zu sprechen*, dachte sie.

Sicherlich war er wie immer energiegeladen gewesen und hatte an dem Tag allerhand vorgehabt. Ruth stellte sich vor, wie er in der Menge stand und nach jemandem Ausschau hielt, dabei mit den Füßen auf- und abwippte, vielleicht mit den Fingern mit Hjarne im Takt schnippte. Richtig wäre es gewesen, ihn richtig anzuschreien, schlug sie sich selbst vor. *Obwohl ich so arrogant war, wäre er noch mal gekommen,* wusste sie. *Wir hätten ihn zusammen beschimpfen können und dann hätte er uns gesagt, warum er Teresa verlassen hat. Und dann hätten wir ihn noch einmal kräftig beschimpft.*

Ruth weinte bei der Vorstellung, dass dem Mann, den ihre Freundin geliebt hatte, während er die Musik hörte, die Hjarne machte, einfach jemand ein Messer von hinten hineinstieß. Sie spürte, wie er sich gar nicht ausgekannt hatte, wie ihm seine Kraft aus dem Körper rann und er zusammengebrochen war, ohne etwas zu verstehen.

Das will ich nicht, dachte sie traurig und wünschte sich den Summerer herbei, den sie noch in zwanzig Jahren beschimpfen und sich gleichzeitig mit ihm an Teresa erinnern wollte.

Hell betrachtete sie, überlegte, ob er sie umarmen oder schütteln sollte und entschied sich für das Schütteln. Er packte sie sanft an den Oberarmen und schüttelte sie in den Freitag zurück.

Bora materialisierte sich neben den beiden und reichte Ruth einen kleinen Becher. »Rakija«, sagte er und stellte seine Flasche in die Styroporbox beim Notausgang.

Ruth nahm einen Schluck, erhob sich und verkaufte eine vormittägliche Runde Bier.

»Auf den Kollegen musst aufpassen, der prellt gern die Zeche.«

»Was ist da los?«

»Das passt schon.«

»Danke.«

»Chefin, grüß' dich.« Der Ostaberger hatte sich strahlend vor Ruth aufgebaut. Er umarmte sie und drückte sie kräftig.

»Schön, dich zu sehen.« Ruth lehnte sich an seinen Oberarm. Dann ging sie einen Schritt zurück und schaute sich den ganzen Ostaberger an: »Du warst ja beim Friseur«, sagte sie erstaunt. »Siehst toll aus ohne den Winnetou auf dem Kopf.«

»Ja, das Mausi hat auch gesagt, dass ich erwachsen aussehe.« Der Ostaberger grinste. »Wo ist sie denn?«

»Kristina ist nicht da.« Ruth schaute zu Wate, der sie wiederum gelassen ansah.

»Ich brauche schnell eine Vorstellung«, sagte der Ostaberger. »Du kennst dich aus?«

Ruth lehnte sich noch mal an ihn, beobachtet von Hell, der die stattlichen eins neunzig des Ostaberger registrierte.

»In einer halben Stunde sind sie da. Berliner und Österreicher. Morgen komme ich noch mal mit Amerikanern und Russen.«

»Sag mir noch mal den Ablauf«, verlangte Ruth.

Der Ostaberger drückte Ruth vertraulich auf eine Bank: »Wir setzen uns dort hinüber an den Tisch. Du bist am Anfang unauffällig und bringst die Bestellungen. Ein paar Krüge, natürlich einige schlecht eingeschenkt. Wir regen uns bei dir ein bisschen auf: ›Frechheit‹, ›Sooo schlecht eingeschenkt‹, und so. Dann donnere ich ›Wer ist da zuständig?‹ Du zeigst auf Wate und seine Schänke, dann sage ich empört ›Gemma hin!‹ Die Typen mit dem schlecht eingeschenkten Bier gehen mit mir mit. Ich gebe den Ton vor und fordere lautstark und unhöflich, dass er mir gefälligst nachschenken soll. Die anderen werden es mir schon nachplappern. Dann schenkt er nach.«

»Und?«, fragte Ruth gelangweilt.

»Und sie haben ihr Erfolgserlebnis, von dem sie noch jahrelang erzählen werden.« Der Ostaberger lachte begeistert. »Verstehst?! Es geht dann aber noch weiter, damit der Tag unvergesslich wird. Wenn sie stolz an den Tisch zurückkommen, zeigst du dich grenzenlos begeistert und sagst: ›Also normalerweise kriegt niemand von dem Schenker so viel nachgeschenkt. Keine Chance!‹«

Ruth verdrehte die Augen.

»Es geht noch weiter: Wenn du mit der Hendlbestellung weggehst, haue ich dir auf den Hintern, sorry, Chefin. Du kommst zurück, einer wird dich sicher anmachen. Die machen immer alles nach. Du bist außer dir und schimpfst wie ein Rohrspatz.«

»Ist das alles?«

»Fast. Wenn du die Rechnung bringst, zeige ich den Bürohengsten noch mit dem Trinkgeld, wo der Hammer hängt, dann sind wir weg. Schaffst du das?« Er steckte ihr schelmisch einen Hunderter zu. »Für euch zwei.«

Ruth hatte die Trauer um Wolf noch nicht ganz weggesteckt: »Und wozu ist das alles nochmal gut?«

Der König der Verkäufer ließ ein tiefes, befriedigtes Lachen hören: »Dann sind sie windelweich fürs Geschäft.« Er legte Ruth die Hand auf den Rücken. »Sie haben endlich etwas erlebt, was sie ihren Freunden erzählen können. Mit dieser Euphorie arbeite ich, Baby. Wir sehen uns in einer halben Stunde!«

»Ein Bursch mit solchen Obsessionen«, wagte Hell nach der Vorstellung einen Anschluss an vorher.

Sie schüttelte den Kopf. »Warum hat er nicht einfach gefragt?« Sie schnaubte ärgerlich: »Das ist wohl der blödeste Grund, jemanden umzubringen: Dass man den nicht vorher gefragt hat.« Sie schüttelte noch einmal den Kopf.

»Das harmonische Bild war für ihn ein Albtraum«, fasste Hell vorwurfsvoll zusammen. »Er hat jahrelang geglaubt, dass er bei einer Vergewaltigung gezeugt worden ist«, redete er weiter.

»Geh bitte.« Sie war jetzt wirklich verärgert. »Und dann ersticht er ihn Jahre später? Im Bierzelt? Deswegen? Mit einem Skalpell?«

»Gestern Nachmittag hat ihn seine Mutter in der U-Haft besucht und ihm gesagt, dass der Summerer nicht sein Vater war, dass sie mit dreizehn nicht vergewaltigt worden war, sondern mit einem Nachbarjungen geschlafen hatte. Wir haben der Frau dann übrigens auch gesagt, dass Teresa tot ist.« *Wieso sage ich das so triumphierend?*, fragte er sich gleichzeitig.

Ruth setzte sich ein Stück weiter weg von ihm und wischte sich die Zigarettenasche von der Dirndlschürze. »Tolle Geschichte«, meinte sie abfällig. »Wie im Fernsehen.«

»Es hat eben nicht jeder so eine harmonische Beziehung zu den Eltern wie Sie, Frau Netzer«, sagte Hell freundlich. »Ihr alter Herr ist so unglaublich souverän und nett.«

»Was reden Sie denn da daher?«, schimpfte sie. »Seit ein paar Jahren geht es gerade mit ihm«, fuhr sie Hell dann plötzlich an. »Vorher war es nicht zum Aushalten mit ihm.« *ICH habe es fast nicht ausgehalten mit ihm*, berichtigte sie sich in Gedanken.

Hell schaute irritiert. »Das kann ich mir gar nicht vorstellen«, sagte er besorgt. »Erzählen Sie mal, was er Ihnen angetan hat.«

»Angetan? Er hat mir doch nichts angetan. Wir haben halt immer gestritten.« *Was wir gestritten haben*, erinnerte sich Ruth. *Wie ich danach oft geweint habe, weil er so deppert war.*

»Grüß' euch zum letzten Mal heuer da hier.« Georg Sloraczny arbeitete sich durch die Tischreihen. »Bringst uns bitte ein Bier«, bat er Ruth. »Ich freu mich schon die ganze Zeit drauf. Bei dem Wetter.«

Er nahm den Autoschlüssel in die Hand, den der Ostaberger liegen gelassen hatte: »Ein A8. Wer kauft sich denn so was? Hunderttausend Euro«, sagte er erklärend zu Ruth.

Sie nahm ihn ihm aus der Hand und reichte ihn mit spitzen Fingern an den Besitzer weiter, der inzwischen zurückgekommen war.

Der Ostaberger sah Sloraczny verschwörerisch an: »Ist natürlich nur geliehen. Legst du die Schlüssel auf den Tisch, wirst du ganz anders angeschaut.« Er lachte gemütlich, klopfte Ruth auf die Schulter und ging.

»So, der Fall wäre aufgeklärt. Da werden Sie ja auch nicht mehr herkommen«, wandte sich Sloraczny an Hell. »Was wollte der Bub denn erben?«

»Nichts«, sagte dieser schnell. »Er hat sich für etwas von früher gerächt.«

»Rache?«, fragte Sloraczny. »Das ist unlogisch. Ein rachsüchtiger junger Mann brüllt herum und schlägt vielleicht zu. Mit einem Skalpell von hinten? Das habe ich noch nie gehört.«

Er fragte Hell: »Wie lange ist der Vorfall denn her?«

»Welcher Vorfall?«

»Na, der, für den er sich gerächt hat.«

»Dreiundzwanzig Jahre«, sagte Hell.

Sloraczny verzog angewidert das Gesicht. »Hat sich der Mann etwa an ihm vergriffen?«

»Nein, er hat gedacht – fälschlicherweise übrigens –, dass der Summerer seine Mutter vergewaltigt hat.«

»Wegen so etwas bringt doch kein Mann seinen Vater um, dreiundzwanzig Jahre später.« Sloraczny hatte die Stirn gerunzelt und sich in seinem Rollstuhl nach vorn gebeugt. Er lehnte sich wieder zurück.

Hell versuchte genervt das Thema zu wechseln. »Frau Netzer hat gerade erzählt, dass Sie beide sich früher auch manchmal gestritten haben.«

Sloraczny lachte auf. »Ja, und wie!«, sagte er. »Ich glaube, sie war zwanzig Jahre lang in der Pubertät.«

Ruth verdrehte die Augen und ging zur Schänke. »Schau mich an.« Rita wartete dort auf sie. Sie hatte ein geschwollenes Gesicht und zwei hässliche schwarze Nähte auf der Unterlippe. »Schau mich an«, wiederholte sie tonlos. »Die letzten Gäste waren gestern eine Stunde nach Schankschluss immer noch da gesessen. Ich hab' ihnen gesagt, dass sie gehen sollen. Da hat mir einer einen schmutzigen Teller ins Gesicht geworfen.«

Ruth nahm sie in den Arm und hielt sie fest. »Ich habe zu schreien begonnen, da hat er mir noch eine geklebt und ›Schlamp'n‹ zu mir gesagt«, schluchzte sie. »Dann hat mich ein anderer geschüttelt und mich angeschrien: ›Hast uns eh beschissen, oder?‹«. Rita sah Ruth fassungslos an. »Stell dir das vor!«

»Was hat die Polizei gesagt?«, fragte Ruth.

»Ich hab' gesagt, dass ich hingefallen bin. Das könnt' ich mir ja gar nicht leisten. Ich will ja nächstes Jahr wieder einen Vertrag hier.«

Ruth schüttelte den Kopf. *Was die Leute immer glauben, warum man keinen Vertrag mehr bekommt*, sagte aber nichts. Sie waren inzwischen von einem Schwarm Kellnerinnen umstellt. »Als Bedienung darfst nichts essen und nichts trinken und du musst die Klappe halten«, sagten sie zueinander, wiederholten den Satz mehrmals und bestätigten ihn sich gegenseitig kopfnickend. »Genauso ist es.«

»Was steht ihr hier rum? Ihr sollt Bier verkaufen.« Herr Pfeiffer trieb die Gruppe auseinander wie ein Hund die Schafsherde. »Wer nicht verkauft, kann nach Hause gehen. Ich hau' euch noch am letzten Tag raus.«

Ruth hielt Rita noch eine Zeitlang fest und schubste sie dann wieder Richtung Zelt. »Promibox«, sagte sie noch abfällig.

Und jetzt zu uns, würde Hell gleich zu Ruth sagen und dachte an sein Bild von der Welt, in das seit einer Woche ein kleiner Biergarten eingezeichnet war. Ganz am Rand natürlich.

»Und jetzt zu Ihnen«, sagte er stattdessen zu Ruth, zu laut und merkte in der Sekunde, dass das nicht der Tag für coole Auftritte war. »Warum haben Sie mir nicht erzählt, dass Kristina und Wate ein Verhältnis haben?«, fragte er. *Warum erzähle ich Ihnen nicht, dass ich Sie in den Arm nehmen möchte?*, fragte er sich ärgerlich.

»Ist egal«, sagte er dann patzig. »Ich bin hier sowieso fertig. Wiederschauen zusammen.«

Samstag

Der Polizist Hell hatte einen sagenhaften Groll auf sich selbst. Er war auf einen Trittbrettfahrer hereingefallen. *Wie im Fernsehen.* Freitagabend war er noch einmal die Protokolle durchgegangen. Hatte den Kollegen, der das Verhör geleitet hatte und dem der Junge alle Informationen für sein Geständnis entlockt hatte, zusammengestaucht und dann den Sohn des Summerer nach Hause geschickt.

»Bei vielen Delikten gibt es falsche Bekenner«, hatte er ihm geduldig, innerlich äußerst ungeduldig, gesagt. »Es ist also gar nicht so abnormal«, hatte er ihn beruhigt. Und dann gedonnert: »Grins nicht so blöd!«

Der Junge schob weinerlich den Unterkiefer vor, um im nächsten Moment böse und verstockt dreinzuschauen. Übergangslos bot er dann wieder ein Bild des Jammers. »Warum habe ich das gemacht?«, fragte er schülerhaft.

»Gier!«, schnappte Hell. »Du bist gierig danach, dass die Leute über dich reden und dass du endlich über deine Mami reden kannst!« *Und ich bin einfach darauf reingefallen.* Hell hasste sich. *Selber gierig*, dachte er grimmig. *Blind vor Gier nach Erfolg vor einer gewissen Kellnerin.* Er fuhr den Jungen an: »Raus mit dir!«

Mit einem flattrigen Gefühl von Enttäuschung und Leere war Hell nach Hause gestapft und hatte eine unruhige Nacht verbracht.

Heute ist Samstag, ich habe frei und frühstücke zu Hause, sagte er zu sich selbst vor dem Spiegel. *Andererseits,* dachte er, während er sich ungewöhnlich sorgfältig nass rasierte, *interessieren mich dieser Yang und die Gamedesigner. Rein beruflich natürlich,* versicherte er sich selbst. *Also sollte ich heute unbedingt als Gast auf die Wiesn gehen.* Er räusperte sich verlegen und zog ein weißes Polohemd an.

Immer noch vor dem Spiegel probierte er aus, ob er die Knöpfe offen oder zulassen sollte und zog den Bauch probeweise ein.

»Lady Justice«, las Sloraczny gerade vor, als Hell, der Gast, in den Biergarten kam.

»Wer will denn ein elektronisches Spiel zum Rechtswesen spielen?«, schlug Sloraczny mit gespielter Verzweiflung die Hände über dem Kopf zusammen. Er legte Alfons väterlich die Hand auf die Schulter.

»Es ist besser, ihr schreibt ein Buch zu dem Thema, wenn es euch so wichtig ist«, sagte Sloraczny. »Ich kenne eine bei einem Verlag, die euch dabei hilft. Die Justiz ist ein ernsthaftes Thema, kein Ballerspielthema. Da kommen die Kinder vielleicht erst auf den Gedanken. Computerspiele fördern Gewalt, das hört man immer wieder.«

»Immer wieder, immer wieder«, summte Rulfo vor sich hin.

»Sie verstehen es nicht«, erwiderte Alfons. »Aber das macht nichts.«

Sloraczny und Hell sagten eine Weile nichts. Alfons versuchte sich zu beherrschen.

»Leute wie Sie werden es spielen«, zischte er dann begeistert. »Leute, die spielerisch mit anderen Rollen experimentieren wollen. Sie könnten sich zum Beispiel als fieser Teenager durch einen Level bewegen, wenn wir das so planen.«

»Diese Rolle hatte ich schon mal, das muss ich wirklich nicht mehr erleben«, sagte Sloraczny trocken.

»Und Ihre Rekruten werden es spielen«, sagte er heftiger als geplant zu Hell. »Damit sie wissen, wie euer Laden läuft.«

Hell bekam gerade seine Frühstücksbreze mit Butter und Schnittlauch: »Was kann man bei so einem Computerspiel über die Justiz erfahren?«, fragte er. »Man kann gut oder schlecht schießen und ausweichen, man kann stundenlang allein vor dem Computer sitzen und dabei ungeschickt oder geschickt sein. Man kann juristischen Stoff vermittelt bekommen«, überlegte er. »Aber etwas über die Wirklichkeit erfahren? So wie mit der Schwimmbad-Sache, das geht gar nicht.«

»Was Sie immer mit dem Ballern haben. Man ballert nicht so viel«, erklärte Rulfo. »Und man ist nicht allein. So ein Game spielt man *online*, verstehen Sie?«, sagte er und wandte sich an Hell und Sloraczny.

»Selbstverständlich«, antwortete Sloraczny. »Wir sind ja nicht blöd. Das Spiel steckt nicht im Computer, sondern man meldet sich in der Cloud an. So gesehen ist man nicht allein.«

Hell sagte nichts und machte ein Expertengesicht.

Bora ging vorbei und imitierte ihn. Dann lachte er ihn aus. Hell legte das Gesicht wieder ab.

Mit seinem normalen Gesicht fragte er konzentriert: »Und?«

»Sie suchen sich immer Compañeros«, sagte Rulfo. »Sonst geht nichts weiter. Sie brauchen die anderen. Sie müssen Attribute tauschen. Einigen helfen Sie, anderen nicht. Sie können sich auch für andere opfern. Damit kommen Sie in dem Leben nicht weiter. Aber für das Karma, das heißt bei uns: für den nächsten Level, kann es helfen. *Muss* aber nicht.«

»Vielleicht«, fuhr Rulfo fort, »bauen wir einen Wende-Kristall ein.«

Alfons blickte ihn finster an.

»Da kann man dann sein Karma noch einmal in einer ganz anderen Qualität beeinflussen.« Rulfo wandte sich an Hell und Sloraczny. »Neuer Name, neue Leute, neues Leben«, sagte er.

Hell stellte sich vor, er müsse mit irgendjemandem Attribute tauschen. »Woher weiß ich, was ich machen soll?«, fragte er. »Die Spielanleitung muss ja gigantisch umfangreich sein«, überlegte er laut. »So viele Figuren, Levels, Attribute und Entscheidungen.«

»Viel zu kompliziert«, sagte Sloraczny. »Das bringt ihr in tausend Seiten nicht unter. Niemand wird das lesen und euer Spiel spielen.«

Rulfo sah in verständnislos an. »Was?«

Alfons sprang ein: »Es gibt doch keine Anleitung. Man spielt einfach.« Hell hatte ihn noch nie so ernst gesehen. »Das Spiel stellt dich in eine Situation, du musst sofort entscheiden, was du machst. Ohne Vorbereitung, ohne Spielanleitung. Du kommst weiter oder nicht oder du stirbst – der Tod ist deine Chance, die Dinge im neuen Leben richtig zu entscheiden«, erklärte Alfons geduldig. »Wir reden da jetzt von einem Spiel«, sagte er zu Ruth, die den letzten Satz im Vorbeigehen gehört hatte.

»Schönes Spiel«, schimpfte sie.

»Und bei uns stirbt der Spieler ja auch nicht wie bei Kriegsspielen, sondern wenn er das Level nicht schafft, hat der Spieler den juristischen Fall im Game verloren, eine Art symbolischer Tod: Er verliert alle Ressourcen und die Online-Partner kriegen seine Punkte.«

»Also das Spiel heißt ›Lady Justice‹ und spielt in Deutschland«, fasste Sloraczny zusammen. »Es ist ein deutscher Wettbewerb, oder!«

Hell erinnerte sich undeutlich an die begeisterten Erzählungen zu »Octoberfest« und zum Schwimmbadspiel. *Wie lange ist das schon wieder her?* »Ich nehme an, ihr spielt nicht in einem deutschen Gerichtssaal«, meinte er. »Die sind ja alles andere als spektakulär.«

Rulfo sah ihn anerkennend an. »Genau. Unser Justizspiel führt in eine ganz andere Welt«, begann er. »Beim Start zeigen der Monitor und die Musik gleich, dass die Spieler eine magische Welt betreten, eine Fantasy-Welt mit Elementen aus der Antike: Die Göttin Justitia mit ihrer Augenbinde, ihrem Schwert und ihrer Waage sind genauso präsent wie die drei Erinnyen mit ihrem Schlangenhaar und dem giftgrünen Geifer«, strahlte er.

»Also bitte«, wandte Sloraczny ein. »Justitia ist römisch, die Erinnyen griechisch. Das dürft ihr nicht vermischen.«

Rulfo fixierte ihn: »Falscher Modus«, sagte er. »So kommen Sie nicht weiter. Wenn ein Spieler ein Spiel beginnt, gilt eine neue Logik, die Logik des Spiels. Spielen Sie Schach, dann ist Ihnen klar, dass sich ein Bauer in eine Königin verwandeln kann, oder? In Wirklichkeit ist das Nonsens, auch klar.«

Sloraczny versuchte sich umzustellen und dachte dabei an das »Räubertellerspiel«, mit dem Gina das Finanzproblem der großen Familie auf eine andere Ebene gebracht hatte. Kaum waren die Räuberteller etabliert gewesen, waren die sechs Kinder nicht mehr betreten, sondern ausgelassen gewesen.

»So, erzählt mal ein bisschen von eurem Spiel.« Ruth hatte Weißwürste für alle gebracht und setzte sich schwungvoll neben Hell. Sloraczny zahlte für den gesamten Tisch und wandte sich wieder Alfons und Rulfo zu.

»Wir mischen alles«, sagte Alfons. »Das richtige Bildungswissen spielt gar keine Rolle. Wir greifen nur die Bilder und Erfahrungen auf, die vorhanden sind und die Spieler fühlen sich in einer vertrauten Welt empfangen.«

»In einer Spielwelt«, ergänzte Rulfo. »Der Übergang in die Spielwelt ist so wichtig! Die Gamer erwarten jetzt keinen Text, keine juristischen Erklärungen. Unsere Spieler sehen bunte Paragrafenzeichen zwischen den Erinnyen durchflitzen und sind einfach nur neugierig, was sie damit machen können!«

»Ich bin jetzt schon überfordert«, seufzte Sloraczny. »Ihr bringt jede Ordnung durcheinander. Das ist ein echter Überfall auf mich.« Er richtete sich im Rollstuhl auf und deklamierte: »Aber machen Sie uns die schöne Helena. Stellen Sie sich auf die Mauern von Troja und berichten Sie uns, der Familie des Priamos, alles über den großen Überfall, das größte Heer aller Zeiten, das gerade eintrifft.«

Rulfo tippte auf seinem Telefon herum: »Wir erzählen es gerne, aber wir schauen trotzdem nur auf das Phänomen von außen, Sie sind nicht drin. Sie sollten aber drin sein, um es wirklich zu verstehen.«

»Wenn König Priamos mit einem Bericht zufrieden war, bin ich es auch«, sagte Sloraczny.

»Na dann«, sagte Rulfo. Er legte das Telefon weg, lehnte sich vor und sah Sloraczny schelmisch an. Dann erhob er ebenfalls seine Stimme und deklamierte zurück: »Jetzo will ich dir sagen, was du mich fragst!«

Sloraczny sah ihn anerkennend an, arretierte seinen Rollstuhl und lehnte sich spiegelgleich konzentriert nach vor. Sein innerer Notizblock war aktiviert.

»Für Leute wie Sie«, sagte Alfons, »nämlich für die Großeltern der jungen Spieler, werden wir auch ein paar Details einbauen. Vielleicht lassen wir im Hintergrund eine kleine Marlene Dietrich als ›Zeugin der Anklage‹ auftauchen«, lockte er Sloraczny. Dieser lächelte. »Sehen Sie«, sagte Alfons. »Solche Details, die für den Highscore unerheblich sind, die der Spieler aber irgendwann entdeckt, sind fast das Lustigste beim Designen.« Rulfo war ganz bei der Sache.

»Ich kenne mich immer noch nicht aus. Wie fange ich an zu spielen?« Sloraczny verzweifelte, hatte sich aber vorgenommen, so lange zu fragen, bis er ein bisschen davon verstand. Hell war froh.

»Super Frage! Das will der Spieler auch sofort wissen, sonst ist er weg und kommt nie wieder«, sagte Alfons. Sloraczny war erleichtert. Hell auch.

»Es war furchtbar schwer für uns. Das haben wir schon mal gesagt, oder?«

Alfons tippte zuerst auf seinen Daumen, dann auf seinen Zeigefinger. »Erstens: Was soll ein Spieler in einem Justizspiel machen, ohne dass juristisches Wissen benötigt wird? Zweitens: Bei einem Justizspiel in einer Fantasy-Welt – worin besteht der Zusammenhang zur Realität? Welchen Aspekt unserer Justiz wollen wir transportieren und wie vereinfachen wir das?«

»Ja, vereinfachen. So Spieler sind ja eher einfache Gemüter«, überlegte Sloraczny. »Ihr habt recht, alles muss ganz simpel sein.«

»NEIN!«, sagte Alfons. »Vereinfachen bedeutet

nicht: für doofe Spieler, sondern: Reduktion auf Bilder und Erfahrungen ohne Erklärungen.«

Hell nahm ungeduldig eine Weißwurst in die Hand: »Erstens, zweitens hast du gesagt. Also was jetzt? Erstens«, er tippte seinen Daumen an, wie vorher Alfons, und rumpelte ihn polizeimäßiger an, als er wollte, »was muss der Spieler machen? Raus damit!«

»Also.« Weil ihn fünf Gesichter gespannt ansahen, dehnte er seine Wörter ein wenig, hörte aber wieder damit auf, als Hell sich zu räuspern begann. »Also, der Spieler ist ein mächtiger Helfer. Ein Anwalt, eine Art Schutzengel, ein mächtiger Buddy, der seine Schützlinge, die unschuldig Angeklagten, raushauen muss. Versteht ihr? Am Anfang haben Rulfo und ich uns mit den Rollen im Spiel geplagt. Der Spieler muss seine Rolle lieben«, schwärmte Alfons. »Wie bei den vielen Piratenspielen. Jeder möchte ein Pirat sein. So viele Varianten haben wir uns ausgedacht, aber es funktionierte nicht: Mit Opfern geht das nicht, keiner will ein Opfer sein. Mit Tätern auch nicht, zumindest wäre es pädagogisch ein bisserl ungeschickt.« Er machte eine Pause. »Als Beschützer sind wir fein raus: Der Spieler ist eine Figur, die mächtig und positiv ist. Damit können sich Gamer identifizieren. Einem helfen, der unschuldig als Autodieb angeklagt ist, das ist ok.« Alfons grinste. »Ein Autoknacker sein, das ginge ja auch gerade noch. Aber ein Vergewaltiger? Ein Verräter? Der Buddy kann die Angeklagten durch Ballern«, er sah Hell listig an, »und Geschicklichkeitselemente in eine bessere Situation bringen. Dabei gewinnt man Attribute, die man dann online tauschen kann. Das ist der soziale Aspekt, der Online-Aspekt.«

»Das Spiel geht auch für Mädchen als Spieler«, warf Rulfo ein. »Die suchen immer eher Spiele mit einer sozial sinnvollen Aufgabe.«

»Mädchen!«, stöhnte Alfons und verdrehte die Augen.

»Was ist mit den Mädchen? Kriegen sie weibliche Figuren?«, fragte Sloraczny.

»Nein, nein«, widersprach Rulfo. »Die Mädchen spielen entweder reine Mädchenspiele oder normale Spiele und da wollen sie keine Sonderfiguren.«

Keine Sonderfiguren. Hell versuchte sich alles zu merken, was ihm neu war.

»Wir überlegen uns aber auch eine versteckte Spielanleitung hinter einem Symbol, das Burschen eher nicht anklicken würden. Vielleicht nehmen wir das Handtäschchen von Marlene Dietrich.«

»Weil Mädchen doofer sind?«, fragte Ruth spöttisch.

»Nein, weil sie organisierter sind. Das sagt die Game-Forschung«, meinte Alfons entschuldigend. »Sie kümmern sich gerne und kommunizieren gerne, vielleicht bauen wir ein Tool ein, mit dem sie mit anderen Online-Spielern über Recht und Unrecht diskutieren können.«

Rulfo und Alfons aßen versonnen ihre Weißwürste und tranken dazu Bier.

»Die Geschichte! Wo ist die Geschichte?« Hell wurde immer ungeduldiger.

»Wie erreicht man den Highscore? Was will der Spieler erreichen? Was erlebt der Spieler in eurem Spiel?«, fragte er.

»Er kennt sich schon aus«, sagte Rulfo anerkennend.

»Ich bitte um ein Grundprinzip.« Sloraczny wollte ebenfalls verstehen, worum es in dem Spiel ging.

»Effektive Lernprozesse.« Rulfo legte seine Hand auf Sloracznys Armlehne. »Ohne dass dir ein Klugscheißer etwas erklärt.«

»Schön bei sozialen Rollenspielen«, fuhr Alfons fort. »Keiner sagt dir, was am besten wäre. Du machst es und scheiterst oder du machst es gut – und es klappt. Auf alle Fälle machst *du* etwas als Person – es ist deine ganz persönliche Erfahrung.«

»Aber der Kommissar hat recht«, ergänzte Rulfo. »Es funktioniert nur mit einer Geschichte, die dich reinzieht in das Spiel.«

Alfons war nervös. »Wir erzählen euch jetzt die Geschichte. Aber ihr dürft sie auf keinen Fall weitererzählen.«

»Versprochen«, sagte Hell trocken.

»Der mächtige Helfer – also Sie als Spieler – bekommt am Beginn jeden Levels einen unschuldig Angeklagten zugelost.«

»Reines Losglück?«, hakte Sloraczny nach.

»Glück und Algorithmus«, antwortete Rulfo.

Sloraczny sagte: »Vom Zufall verstehe ich etwas und von Algorithmen auch.«

»Die Gamer wollen immer den Algorithmus herausfinden.« Alfons konnte seine Begeisterung nicht verbergen. »Sie sind besessen davon. Manche spielen ein Spiel immer wieder, nur um die verborgenen Gesetzmäßigkeiten herauszufinden.«

»Aber«, so Rulfo, »sie wollen auch das Schicksal herausfordern. Ist ein Spiel nur auf Gesetzmäßigkeiten aufgebaut, vermissen die Gamer den Faktor Glück beziehungsweise Pech.«

»Welche Verbrechen kommen vor?«, fragte Hell. »Aktuelle? Alttestamentarische? Utopische?«

»Da mischen wir auch unterschiedlichste Dinge. Von ganz harmlosen Delikten wie Autoknacken« – Alfons sah vorsichtig zu Hell – »über sogenannte spannende Verbrechen wie Robin-Hood-Verhalten und Spionage bis zu wirklich unsympathischen Delikten wie Mord und Vergewaltigung.«

»Die schicksalshafte Ziehung des Klienten wird visuell und soundmäßig unterstützt und zu etwas Besonderem gemacht: Außer klassischen Sträflingsattributen wie der gestreiften Kleidung und der Kugel am Bein sollen auch die Erinnyen und Paragrafenzeichen umherschwirren, die Waagschalen der Justitia sollen sich spektakulär neigen und was uns noch so alles einfällt. Der Sound«, Rulfo liebte diese Sequenz, »der Sound macht, dass wir das alles für wirklich halten.«

»Danach«, fuhr Alfons fort, »kommt sofort ein Geschicklichkeitsspiel, damit der Gamer vom Schauen ins Tun kommt. Wir dachten an ein Geschicklichkeitsspiel, etwas zum Werfen, eine Art Dartspiel mit bunten Paragrafenzeichen.«

»Ein Paragrafenwurfspiel«, sagte Sloraczny mit unbewegter Miene.

»Ja, mit dem Punktestand aus dem Wurfspiel geht's gleich weiter in die nächste Phase: Prozesseröffnung. Dazu braucht man natürlich einen Richter. Es gibt sieben verschiedene Richter-Typen, die ganz unterschiedlich aussehen. Die blinde Justitia zieht einen davon aus dem Hut – dieser übernimmt den Vorsitz und dann kommt schon das Ballerspiel für die Polizei.« Alfons grinste und sah wieder Hell an. »Rachegelüste – die Spielerfigur muss die Rachegelüste besiegen, die aus der Tat entstanden sind. Ganz konkret: Erinnyen greifen mit Schlangen und grünem Geifer an. Man muss die Schlangen und die grünen Geifertropfen abknallen und ihnen ausweichen. Ein Klassiker. Dann werden die Punkte aus dem Wurfspiel und dem Ballerspiel zusammengerechnet und nach einem Schlüssel bekommt der Spieler, also der mächtige Rechtsanwalt-Schutzengel, einige Attribute für den Angeklagten zugewiesen.«

»Was für Attribute?«, frage Sloraczny knapp an der Grenze, die Aufmerksamkeit zu verlieren.

»Sie hören ja immer noch zu«, lobte Alfons anerkennend. »Jeder andere driftet weg. Wir erzählen gerne weiter, aber es ist nicht dasselbe, wenn Sie es spielen. Erst dann verstehen Sie es. Es ist so: Alles, was man vorher darüber redet oder rauszukriegen versucht, ist nicht vergleichbar mit dem Tun.«

»Das stimmt«, sagte Sloraczny und dachte an sein jahrelanges Stänkern über Facebook und den Spaß, den ihm das Ding seit einigen Monaten machte.

»Also die Attribute sind zum Beispiel: Mann oder Frau, ein Bart, Stöckelschuhe, ein Segelboot. Die Attribute symbolisieren sozialen Status, Geschlecht, heterosexuelle Ausrichtung, einen Doktortitel, Geld, eine ›verständnisvolle‹ Presse, ein schwaches Opfer und so weiter und so fort.«

»Und warum soll ich diese Attribute tauschen?«, fragte Hell. »Die besten Gutpunkte will ich mir ja behalten.«

»Die besten Gutpunkte sind für jeden Spieler anders!«, unterbrach ihn Alfons. »Verstehen Sie?«

»Mhmhmhm. Was ist, wenn niemand anderer online ist?«, war die nächste Frage, wieder von Hell.

»Es ist immer jemand online«, sagte Alfons geheimnisvoll. »Am Anfang sind es wir selbst, dann Freunde und Gamer, die ein bisschen etwas bezahlt bekommen, dann muss die Community sich selbst erhalten.«

»Noch mal zurück zu den Attributen«, hakte Rulfo ein. »Die Attribute machen den Helfer mächtiger, durch verschiedene Geschicklichkeits- und Ballerspiele generiert er Punkte und damit immer mehr Attribute.«

»Und warum helfen dem Angeklagten die Attribute? Mit einem Segelboot kann man ja noch flüchten. Aber ein Bart?«

»Das ist der Witz, die geheime Strategie, die es zu entdecken gilt. Darauf fahren wir Gamer mindestens genauso ab wie auf den Algorithmus.«

Rulfo sah versonnen vor sich hin, Alfons strahlte und sprühte vor Leidenschaft. »Die geheime Strategie! Sie darf nicht zu offensichtlich sein, versteht ihr? Unsere Spieler sollen der geheimen Strategie langsam auf die Schliche kommen. Wir führen sie auf falsche Fährten, aber dann entdecken sie sie.« Er wischte sich Spucke aus dem Mundwinkel. »Es muss wie ein Orgasmus sein, wie ein Torjubel, versteht ihr: Sie checken die geheime Strategie, sie haben das Spiel geknackt.«

»Und?«, fragte Ruth. »Sagt es schnell, ich muss schon wieder arbeiten gehen.«

Sie deutet auf ihr Handgelenk, an dem sich eine imaginäre Armbanduhr befand. »Der Ostaberger kommt gleich mit der nächsten Gruppe.«

»Die geheime Strategie ist: Je ähnlicher der Angeklagte dem Richter wird, desto bessere Chancen hat der Schützling. Also: Hat der Richter – erinnert ihr euch? Es gibt sieben unterschiedliche Typen – weiße Segelschuhe an, dann schätzt er den Segelbootsbesitzer als Angeklagten schon mal weniger fremd und gefährlich ein. Er ist ihm ja ähnlich.«

Alfons blickte erschöpft und triumphierend in die Runde. »Was sagt ihr dazu?«

»Lehre eins«, fasste Hell zusammen, »je ähnlicher Richter und Angeklagter einander sind, desto besser die Chancen für den Angeklagten. Ihr knüpft an die Erfahrung der Leute an, dass der Hendldieb immer eingesperrt wird, die Verbrecher im Anzug dagegen angeblich davonkommen würden. Ja, das hat schon jeder und jede mindestens einmal selbst erlebt, gehört oder gelesen.«

»Ja«, stimmte Sloraczny zu. »Ein Akademiker wird viel seltener verurteilt als ein Gelegenheitsarbeiter. Juristen überhaupt fast nie. Ob das statistisch stimmt, weiß ich gar nicht. Aber als normaler Mensch hat man das Gefühl, dass es so ist.«

»Und auf das Gefühl, auf die Erfahrung kommt es an«, sagte Rulfo. »Auf nichts sonst. Dann surfen die Gamer auf der Welle unseres Spiels und kommen in den Flow.«

»Man kann übrigens auch fies sein«, berichtete Alfons und zwinkerte Sloraczny zu. »Beim Online-Tauschen muss man seine Attribute auch zeigen. Da gibt es – ganz selten – ein kurzes Zeitfenster, in dem die eine Anwaltfigur einer anderen Anwaltfigur ihr Attribut, anstatt es zu tauschen, einfach entwerten kann. Optisch kriegt es einen grünen Farbklecks. Der eine pinkelt es dem anderen sozusagen an und es verschwindet.« Er nahm einen Schluck Bier, bevor er weiterredete. »Ihre Geschichte vor ein paar Tagen mit der Scheiße war großartig«, sagte Alfons. »Seit Ihrer Geschichte«, er sah Sloraczny an, »haben wir uns den Kopf darüber zerbrochen, wie wir den Ramer und seine Scheiße in das Spiel einbauen können. Leider bietet sich gar nichts an, damit das erlebbar wird.«

»Ihr verehrter Bobby Sands«, mischte sich Hell

ein, »hat übrigens auch mit Scheiße gearbeitet. Er und seine Leute haben ihre Gefängniszellen damit tapeziert und die Wärter bei jeder Gelegenheit damit belästigt. Deswegen habe auch ich über die Geschichte länger nachgedacht. Gestank als bewusst eingesetzte Waffe. Hatte ich so vorher noch nie auf dem Radar.«

»Wie heißt der Mann?«, fragte Rulfo. »Ich mache mir mal Notizen für ein Scheiße-Spiel«, grinste er.

»Wird das Spiel nicht langweilig, sobald die Strategie klar ist?«, fragte Sloraczny und erinnerte sich an quälend lange Kartenspielabende, bei denen die Strategien gähnend langweilig waren, weil sie offensichtlich waren.

»Zufall, Zufall«, erinnerte ihn Rulfo. »Es klappt manchmal nicht mit der Strategie. Das lassen wir alles programmieren. Auch Richter sind Menschen und können daher zum Beispiel Sozialromantiker sein, dann funktioniert alles nach dem umgekehrten Prinzip. Das kommt natürlich ganz selten vor.« Er grinste diabolisch: »Am Ende kommt es zum finalen Kampf mit einem superbösen Monster. Das ist so eingeführt, das erwarten die Spieler. Wir wissen noch nicht genau, was passieren kann: Das Unglaubwürdigkeits-Monster frisst alle Attribute auf oder die lachenden Schlangen der Erinnyen verstopfen den weiteren Weg.«

»Lehre Nummer zwei«, konstatierte Sloraczny, »du kannst dich noch so bemühen, geschickt sein, das System durchschauen, beim Richter einschleimen und dich voll für deinen Klienten reinhauen.

Manchmal funktioniert es nicht, dein Klient muss in den Knast und du musst den Level wieder neu beginnen.«

»Wo sind in eurem Justiz-Spiel eigentlich die Opfer?«, fragte Hell, dem einfiel, dass sich Alfons ja vor einiger Zeit nach dem Fall Ramer und auch nach dem Befinden von Frau Mannheimer erkundigt hatte. »Eure Klienten sind unschuldig, aber die Verbrechensopfer muss es ja auch in dieser Fantasiewelt geben. Nur die wahren *Täter* sind unbekannt.«

»Manche Verbrechensopfer kriegen wieder einen Fuß auf die Erde, andere nicht«, sagte Alfons.

»Bingo«, Rulfo streckte den dritten Finger aus. »Lehre Nummer drei: Das Opfer hat im Prozess keine Bedeutung.«

»Ich weiß nicht, über die Opfer steht doch am meisten in der Zeitung«, warf Ruth ein und stand auf. »Ich muss jetzt Kristina ablösen.«

»Ja, sie hat schon recht«, sagte Hell. »Die Opfer geben viel Material für die Medien her. Alle haben Familien, Kollegen, Freunde, Tiere, Häuser und so weiter. Das alles kann in der Zeitung erzählt werden. Und es verkauft sich auch recht gut. Aber ihr habt auch recht«, wandte er sich an Rulfo und Alfons. »Die Journalisten sind auf das Material für ihre Texte wild, die Menschen – also die Opfer selbst – sind auch für die Reporter und Kommentatoren nur Stofflieferanten, die wie alle Lieferanten ziemlich schnell vergessen sind. Nicht umsonst ist das Wort Opfer heute eine Beleidigung bei den jungen Leuten.«

»Das hängt aber nicht mit dem Prozess zusammen«, widersprach Rulfo. »Im Prozess wird noch mal festgeschrieben, dass jemand mit dir machen konnte, was er wollte. Man sagt es selbst im Zeugenstand, die anderen sagen es auch. Das tut nicht gut.«

»Wir waren bei mehreren Prozessen im Publikum«, berichtete Alfons. »Das Opfer sieht sich im Mittelpunkt der Tat, leidet furchtbar unter der Ungerechtigkeit und dem Übergriff und freut sich auf den Prozess, der es wieder ins Recht bringen und in Würde setzen wird. Beim Prozess selbst fokussiert sich aber alles auf den Täter, sein Motiv, seine Vorgangsweise und seine Lebensumstände. Dann stehen noch die Richter, Staatsanwälte und Anwälte im Zentrum. Das Opfer hat keine Bedeutung. Schon vorher macht die Polizei das Gleiche: Konzentration auf den Täter, mit dem Opfer will man eigentlich nicht allzu viel zu tun haben.«

»So ist es«, stimmte Hell zu. »Für das Opfer ist der Prozess unglaublich wichtig, als Belastung oder als Befreiung, für den Prozess hingegen ist das Opfer fast das Unwichtigste. Das ist übrigens auch in unserem Bereich so: Das Opfer will von uns Polizisten unbedingt wissen, warum der Täter das gemacht hat und ausgerechnet einen selbst gewählt hat. Den Täter hingegen interessiert das Opfer kaum. Der Täter ist sich immer selbst am wichtigsten. Für die Opfer, besonders die Opfer von sexueller Gewalt, ist das natürlich unerträglich und sie glauben es gar nicht«, berichtete Hell.

»Jemand hat ihnen ihr Leben und alle Freude am Leben zerstört und dann interessiert er sich nicht im Geringsten für sie, geschweige denn für ihr Leid. Das ist inakzeptabel für die meisten Opfer. Sie sind auch ganz fassungslos, dass die meisten Leute lieber dem Täter zuhören und alles über den Täter wissen wollen«, erzählte er. »Das muss ich leider sagen: Wenn Opfer über die Tat sprechen möchten, müssen sie das in einer Selbsthilfegruppe tun. Nach etwa einer Woche will niemand mehr das Gejammer hören. Gejammer in Anführungsstrichen natürlich.«

»Das wollten wir zeigen: Der Täter ist im Fokus. Das Verbrechensopfer beim Prozess längst außer Sicht.«

»Opfer spielen also gar keine Rolle bei ›Lady Justice‹. Sie sind nur Mittel zum Zweck. Oder besser gesagt ein Anlass, damit das Spiel zwischen Richter und Anwalt beginnen kann«, wiederholte Hell für sich. *Oder zwischen Täter und Opfer*, fiel ihm plötzlich ein.

»Jedenfalls ist das Ziel im Gerichtsverfahren nicht die Gerechtigkeit oder die Therapie für die Opfer«, sagte Sloraczny sachlich, »das kann auch gar nicht das Ziel sein.«

»Aber die Menschen wünschen sich das«, hakte Hell ein, »und sie sind wie vor den Kopf gestoßen, wenn sie merken, dass es nicht so ist.«

Rulfo nickte. »Im Spiel gibt es keine Opfer«, sagte er. »Das Spiel ist ein Spiegel unserer Erfahrungen, es fällt uns gar nicht auf.«

»Drei sehr gute Aspekte, gratuliere«, fasste Sloraczny zusammen.

Gutes Konzept, dachte Hell. *Die Gesellschaft meint es ja auch gar nicht böse, es ergibt sich halt so.* Gleichzeitig versuchte er an das Gefühl heranzukommen, das seit einigen Minuten in seinem Körper pulste. *Ich werde alt*, ärgerte er sich. *Was habe ich gerade gecheckt, verstehe es aber nicht?*

»Dem Ramer haben damals auch alle gerne geglaubt, dass er Sex mit der blonden Sekretärin hatte, das habe ich euch eh schon erzählt«, sagte er noch in die Runde. Sonja Mannheimer könnte es durchaus für angebracht halten, dem Rechtssystem ein wenig auf die Sprünge zu helfen, überlegte er.

Hell klinkte sich an dieser Stelle aus der Spiel-Präsentation aus. »Ich muss mich bewegen.«

Er stand auf, schüttelte sich und trabte los. Seine Gedanken kreisten um Sonja Mannheimer. Er hoffte, dass sie keinen Mord begangen hatte, nur um ihn vielleicht dem Ramer unterzuschieben, aber er spürte, dass sie irgendetwas mit Wolfgang Summerers Ende zu schaffen hatte. Ihm kam es jetzt so vor, als ob die beiden etwas miteinander zu tun gehabt hatten, aber er kam nicht darauf, was es war.

Der Gedanke mit den angepinkelten Attributen ließ ihn auch nicht los, obwohl er noch nicht wusste, was er für die Ermordung des Summerers bedeutete. *Das kommt schon noch*, dachte er grimmig.

Verschwitzt kam er im Präsidium an, schnappte sich ein Jackett aus dem Großraumbüro und seine Kollegin Monika Hafner und fragte sie nach einer Adresse.

»Sitzt du heute gar nicht bei der Bedienung herum?«, fragte sie lakonisch und klappte ihren Laptop auf. Sie suchten gemeinsam die aktuelle Adresse von Sonja Mannheimer heraus, setzten sich ins Auto und fuhren nach Giesing.

»Grüß Gott«, sagte Hell.

»Es ist Samstagnachmittag«, entschuldigte er sich bei Sonja Mannheimer. »Verzeihen Sie bitte die Störung. Sie sehen gut aus«, fügte er hinzu. Er war froh, dass ihr Blick fester war als bei der letzten Begegnung. Sie gab den Beamten die Hand und bat sie feierlich herein. Hell und seine Kollegin wechselten einen Blick und folgten ihr ins Wohnzimmer.

»Erledigt? Die Frau ist doch nicht erledigt«, flüsterte die Polizistin, während Frau Mannheimer ›ein paar Sandwiches‹ richtete.

»Frisch vom Friseur, modisch gekleidet, Jeans, Dirndl-BH unter dem T-Shirt«, notierte die Polizistin zum Zeitvertreib, solange Frau Mannheimer in der Küche war. »Hast du nicht gesagt, sie wäre mager, schlampig angezogen und wäscht sich die Haare nicht?«

Hell schwieg. Er erinnerte sich, wie er Frau Mannheimer vor fünf oder sechs Jahren gesagt hatte, es käme nun darauf an, wie sie ihre Geschichte rückwirkend betrachte. »Sie sollten die *Geschichte* im Griff haben«, hatte er ihr geraten. »Erzählen Sie eine Geschichte, die für Sie akzeptabel ist.«

»Zum Beispiel?«, hatte sie ihn damals angefahren.

»Na ja, zum Beispiel kann man erzählen: Mann, so schlechten Sex habe ich schon lange nicht mehr gehabt.«

Damit hatte ihn einmal ein Autodieb überrascht. Dieser hatte in U-Haft gesessen und war mehrfach vergewaltigt worden. Hell hatte ermittelt und Westenfred, wie er hieß, hatte abgestritten, überhaupt ein Opfer geworden zu sein, ihm erschöpft zugezwinkert und von dem schlechten Sex erzählt. *Es hat mir gut getan,* erinnerte sich Hell jetzt wieder. *Ich habe mit ihm sprechen können.*

»Das ist natürlich nur ein *Beispiel*«, hatte er damals zu Frau Mannheimer gesagt. »Sonst fällt mir jetzt keines ein. Es geht nicht darum, Gewalt zu ignorieren. Es ist nur ein Beispiel dafür, dass die Erzählung festlegt, wie sich die anderen in Gegenwart des Erzählers fühlen und wie sie sich daher ihm gegenüber verhalten. Es geht um Sie«, hatte er betont und ihr fest in die Augen gesehen. »Es geht darum, dass Sie mit dem Teil Ihrer Vergangenheit, der nicht veränderbar ist, so umgehen können, dass Sie sich wieder stark fühlen.«

Sonja Mannheimer schenkte Wasser und Wein ein, zündete sich eine Zigarette an und fragte Hell nach seinem Befinden. Die Polizistin blätterte geräuschlos ihren Block um.»Frau Mannheimer, wir rollen Ihren Fall neu auf«, sagte sie. »Es würde uns sehr helfen, wenn Sie die Geschichte von Anfang an noch einmal erzählen, wir suchen nach etwas, das wir übersehen oder vergessen haben.«

»Cold case?«, fragte Mannheimer spöttisch. Sie prostete Hell zu, der von seinem Weinglas einen winzigen Schluck Wein nahm.

Mannheimer sah die Polizistin an: »Ich hatte mal ein normales Leben«, erzählte sie. »Ich war mit Paul verheiratet, wir hatten zwei Kinder, Paul ist Lehrer, ich habe bei einer Versicherung gearbeitet.«

»Haben Sie ein Foto?«, fragte die Polizistin sachlich.

Mannheimer holte aus einer Lade in der Wohnzimmerkommode einen Stapel Polizeifotos heraus, als ob dies die Familienfotos wären, nach denen die Polizistin gefragt hatte.

Die Polizistin erkannte Mannheimer nicht darauf. »Scheiße«, entfuhr es ihr.

»Die Fotos sind damals leider nach draußen gegangen«, erklärte Hell.

»Ja«, sagte Mannheimer ungerührt und führte damenhaft das Glas zum Mund. »Ziemlich viele Leute haben sie gesehen. Die Presse hat sie auch meinem Mann gezeigt«, fuhr sie fort.

»Wer ist die Presse?«, fragte die Polizistin. »Das ist doch sicher nicht publiziert worden.« *Außer in einem Magazin für Perverse*, dachte sie entsetzt.

»Der Summerer, das ist der, den sein Sohn umgebracht haben soll, hat sie meinem Mann und meinen Kindern gezeigt«, sagte Frau Mannheimer. »Nicht nur die mit den gebrochenen Fingern, übrigens.« Sie zeigte auf den entsprechenden Stapel. »Sondern die, die der Typ noch mit der Firmen-Polaroidkamera gemacht hat. Das hier und das hier. Und das hier, wo er mich zum Abschluss noch anspuckt.«

»Der Sohn war es nicht«, nutzte Hell eine Sprechpause aus.

»Er hat einen Preis für die Reportage bekommen«, berichtete Mannheimer der Polizistin damenhaft weiter. »Für die authentischen Textbeiträge meiner Familie.«

»Der war das mit dem Preis«, rutschte es Hell heraus. *Warum ist mir das nicht eingefallen? Seit Tagen klebe ich an dem Summerer.* Er fluchte innerlich.

»Meiner früheren Familie«, korrigierte sie sich sofort. »Möchten Sie so ein Bild von Ihrer Mutter haben?«, fragte Mannheimer, und blätterte ein Bild auf. »Hätten Sie dann noch besonders viel Achtung vor ihr? Würden Sie sich noch gern an sie kuscheln wollen?«

»Es geht Ihnen wieder besser, seitdem der Summerer tot ist«, konstatierte Hell. »Sie sehen gut aus«, wiederholte er.

»Mir geht es nicht besser«, sagte sie sachlich. »Mir geht es überhaupt nicht. Ich fühle nichts und ich will nichts.« Sie sah Hell ausdruckslos an. »Gut, dass Sie da sind«, sagte sie dann, »machen

Sie doch bitte ein paar Fotos von mir.« Sie drückte ihm ihr Telefon in die Hand und setzte sich wieder damenhaft hin. Sie lächelte zurückhaltend in die Kamera, hob ihr Weinglas und prostete der Linse zu, lächelte freundlich und nahm dann die Polizistin in den Arm.

Die Polizistin wehrte mürrisch ab. Hell hatte mehrmals abgedrückt und gab ihr das Telefon zurück. Sie wischte es sorgfältig ab und klickte die Fotos durch.

»Sieht aus, als ob wir freundschaftlich rangeln«, sagte sie. »Ich danke Ihnen vielmals. Schauen Sie, man kann Sie nicht erkennen. Aber es sieht so aus, als hätte ich eine Freundin.« Sie zeigt auf das Bild: »Es sind praktisch nur Ihre Unterarme zu sehen.«

Hell unterbrach sie: »Der Summerer ist ja jetzt tot. Sie leben.«

»Ich bin auch tot«, sagte sie. »Und jetzt gibt es eine Geschichte mit positivem Ausgang. Mir ging es gut, ich hatte Freundinnen. Sehen Sie: Aufrechter Gang. Super haben Sie das gemacht.« Sie nahm ein Brötchen und zwinkerte Hell aufmunternd zu. »Das eine Dreckstück ist tot, die zwei anderen lasse ich euch. Sollen sie doch noch mehr von euch ficken. Ich meine den Ramer und seine Frau«, sagte sie diktierend zur Polizistin, die aufgehört hatte zu schreiben.

»Frau Mannheimer, wir müssen Sie mitnehmen«, erklärte Hell förmlich.

»Das Telefon sollten die Kinder unbedingt bekommen«, sagte sie, ohne ihn zu beachten. »Vielleicht können Sie die Bilder ausdrucken und ihnen geben«, schlug sie vor. »Die Wohnung ist schon gekündigt.«

»Frau Mannheimer«, wiederholte er, »Frau Mannheimer.« Seine Stimme war nun lauter.

»Wenn Sie zwei Tage länger gebraucht hätten und der Bengel länger Unsinn geredet hätte, hätte ich alles gut vorbereiten können«, fuhr sie fort. »Jetzt müssen Sie das mit den Fotos machen, ich vertraue Ihnen. Das Messer und alles finden Sie dann hier in der Wohnung. Es wäre auch fein, wenn Sie es für die Öffentlichkeit mehr als kaltblütige Rache, nicht als mitleiderregende Hysterie eines Opfers hinstellen könnten. Wegen der Kinder halt. Ich vertraue Ihnen.«

Hell wünschte, Rulfo wäre hier. Der Junge wüsste sicher, was sie für ein Spiel spielte.

»Geh, hol bitte meine Akten aus dem Wagen«, schickte er seine Kollegin weg. Monika ging vor die Wohnungstür und wartete.

»Frau Mannheimer«, sprach er sie erneut an und stellte sich neben sie.

Sonja Mannheimer ging von ihm weg und räumte das Geschirr ab, trug die Gläser in die Küche, machte die Küchentür hinter sich zu, zog die Schuhe aus, richtete sich einen Stuhl als Hilfsstufe her und hievte sich auf die Fensterbank.

Hell machte die Küchentür wieder auf und ging ihr nach.

»Haben Sie keine Höhenangst? Ich kann in meinem Alter nicht mehr von so weit oben nach unten schauen. Früher«, lenkte Hell ab, »war ich vollkommen schwindelfrei.« Er stand jetzt hinter ihr. »Früher hätte ich Sie da sofort heruntergerissen. Heute weiß ich, dass ich Sie dabei verletzen könnte. Sie riechen übrigens gut«, plauderte er weiter. »Ich kann den Duft gar nicht zuordnen«, redete er weiter. »Ein Blütenduft, oder?«

»Ich habe an dem Tag eigentlich Hjarne gesucht«, sagte Sonja Mannheimer plötzlich. Sie schaukelte mit überkreuzten Füßen über dem Abgrund wie ein kleines Kind auf einem zu hohen Stuhl. »Das ist einer von der Kapelle. Ich kenne ihn von früher vom skandinavischen Club. Ich wollte ihn fragen, wann er mal privat singt. Dann sehe ich in diesem verdammten Bierzelt zuerst meinen Ex, dann den Summerer. Und dann sehe ich mich im Spiegel – was die aus mir gemacht haben.«

»Dieser Hjarne singt echt klasse«, bestätigte Hell. »Ich glaube, er fährt nächste Woche nach Norwegen. Für November und für die Wintersonnenwende hat er ein Engagement. Das Richtige für Melancholiker«, scherzte er. Erleichtert sah er, dass sie grinste.

»Und für die Sommersonnenwende auch, in einem Ort namens Tromsø, das hat er letztens erzählt. Er wird von Oslo dorthin zu Fuß wandern. Ein langer Weg.«

»Sie ändern Ihren Namen«, sagte Hell, »und zwar als erstes, wenn Sie in Schweden sind. Neuer Name, neue Leute, neues Leben«, hörte er sich als Echo von Rulfo sagen. »Teresa ist ein schöner

Name«, schlug Hell vor, während er ihr vom Fensterbrett half. »Und dann etwas Schwedisches: Peterson.«

»Teresa Peterson«, sagte Sonja Mannheimer zu sich. »Teresa Peterson.«

»Teresa Peterson, geben Sie mir Ihren Schlüssel. Ich kenne jemanden, der die Wohnung ausräumt. Nehmen Sie nichts mit, außer Geld und Ihren Pass. Haben Sie Geld?«

»Ich bin Teresa Peterson und habe von meiner Freundin Sonja Geld geerbt«, übte sie und steckte eine Plastiktüte in ihre Handtasche. »Sonja ist tot, wissen Sie, Hell, sie spürt nichts mehr. Sie hat seitdem kein einziges Mal von Herzen gelacht.«

»Sonjas Mann hat ein Spiel mit anderen Männern gespielt«, erklärte er ihr so, wie man es einem kleinen Kind erklärte. »Die meisten Männer spielen lieber mit anderen Männern, oder? Sie haben Sonja in diesem Spiel gar nicht mitspielen lassen, vor allem nach der Vergewaltigung: Da wollte sie dann keiner mehr.«

Er dachte an den grünen Farbklecks im Spiel der Jungs. *Der Spieler will es nicht mehr und es verschwindet.* Es kam ihm vor, als ob Rulfo anwesend war. »Das hat Sonja umgebracht.«

»Das hätte ich vorher nicht gedacht«, sagte sie. »Dass es so ist. Ohne Grund«, fuhr sie fort. »Er verprügelt dich, fickt dich, spuckt dich an, macht Fotos. Dein Mann kann dich nicht mehr lieben. Nach der Anzeige stellen dich seine Anwälte als die geile Sekretärin hin. Die Zeitungen schreiben das dann so, als ob es die Wahrheit wäre und die Kinder schämen sich. Das hat Sonja selbst erlebt«, schloss Sonja nun als Teresa Peterson.

»Und als Sonjas Exmann sie im Bierzelt so abgefuckt getroffen hat«, fuhr Hell fort, *mit einem grünen Farbklecks*, hätte er fast gesagt, »neben dem Summerer, da hat er sich wieder nicht auf Augenhöhe seiner Exfrau zugewandt. Er hat sie mitleidig von oben herab gegrüßt und dann lieber sein Spiel mit dem Summerer fertig gespielt. Der Mann hatte ihm immerhin damals die Fotos gezeigt, er hat den Summerer dafür verantwortlich machen können, dass er selbst seine Frau im Stich gelassen hat.«

»Der erbärmliche Wicht«, kam es von Frau Mannheimer.

»Also hat er ihn erstochen. Das sieht nach außen so aus, als ob er jemanden bestraft hätte, der seiner Frau wehgetan hat. Das trägt ihm sicherlich Respekt ein. Aber es stimmt nicht.« Hell sah sich selbst kurz im Spiegel der Garderobe. »Ihr Exmann hat den Summerer aus Selbstmitleid umgebracht«, setzte er fort. »Selbstmitleid und Totalversagen gegenüber der eigenen Frau bedeuten auch große Scham, das darf man nicht vergessen«, sagte er.

»Aber diese scheinbare Rache an einem Nebentäter ist ein ganz billiger Weg.« Die neue Teresa schaute ihn an. »Sonja hatte keine Bedeutung mehr«, erklärte er und hörte Rulfos Stimme. »Die Richter, die Presse, der Ehemann haben sich lieber mit dem Ramer beschäftigt und der Exmann jetzt sogar mit dem Summerer.«

Hell warf abschließend automatisch einen Blick in die Küche, um zu kontrollieren, ob der Herd aus war.

»Der Konflikt mit dem Summerer war ihm wichtiger, als mit Sonja zu lachen oder zu reden. Das hat ihr den Rest gegeben«, sagte er mehr zu sich.

Hell wartete, bis Teresa Peterson ihren Mantel und ihre Schuhe angezogen hatte.

»War es so?«

»Ich habe den Hirschfänger aufgehoben und mitgenommen. Der Summerer hat mich noch angeschaut, aber erkannt hat er mich nicht mehr«, sagte sie. »Er hat noch gesagt ›Holen Sie Tessa‹.«

»Teresa«, verbesserte Hell.

»Das Messer ist in der Wäschekommode, Hell.« Sie hielt sich an der Handtasche fest.

»Auf Wiedersehen, Hell.«

»Auf Wiedersehen, Peterson.«

»Monika?« Die Polizistin stand noch immer gelassen vor der Tür und ließ die Frau vorbei.

»Sichern Sie bitte die Tatwaffe in der Wäschekommode.« Hell stützte sich auf eine Sessellehne und atmete durch. »Wir haben gerade Level drei geschafft«, sagte er zu ihr. »Wir haben einen Wende-Kristall genutzt. Kommt selten vor.«

Die Polizistin hörte gar nicht hin. »Was machen wir nun?«

»Wir holen uns jetzt den Mannheimer selbst.«

Der letzte Sonntag

Der letzte Sonntag war kühl, schon herbstlich. Der Föhn hatte sich verzogen.

Den säuerlichen Geruch, der sich jeden Tag stärker über die Theresienwiese legte, nahm Ruth schon seit dem Italienerwochenende nicht mehr wahr. *Der Sound ist auch schon weg*, dachte sie: Sie hörte nur gelegentlich ein einsames Klacken im Lärm. *Bierkrug-Polonaise? Nie gehört.* Die dynamische Lautkulisse hatte sich verloren. *Obwohl viele Gäste hier sind*, fiel ihr auf. *Wahrscheinlich bin ich schon in der letzten Phase.* Sie stellte sich vor, wie jemand den Lautstärkeknopf langsam abdrehte, wie am Ende eines Lieds im Radio.

Ruth spürte, wie mit dem fortschreitenden Tag ihr Kontakt zu den anderen loser wurde. Die unsichtbaren Verbindungsfäden wurden lockerer. Sie schaute Lisa und Maria an. *Ob sie nächstes Mal noch dabei sind?*, überlegte sie zerstreut. *Mei, das mit der Lady Di war eine super Aktion*, dachte sie. *An das denke ich schon so, als würde ich es jemand anderem erzählen*, schimpfte sie mit sich selbst. Sie überlegte, zu Maria hinüberzugehen und sich mit ihr zusammen nochmal über die Geschichte plaudernd und lachend ihrer Gemeinsamkeit zu vergewissern, machte es aber nicht. *Nächstes Jahr, am ersten Tag*, sagte sie sich und freute sich schon darauf.

Ich werde es nie Ian erzählen, fiel ihr ein. *Seit wie vielen Jahren hebe ich mir Geschichten für Ian auf? Ich erlebe irgendetwas und sofort überlege ich, wie ich es Ian erzählen könnte, so, dass ihm die Geschichte gefällt.*

»Dein Ian ist übrigens tot«, Sloraczny hatte ihr am Samstagabend alles erzählt, was er wusste.

Dein Ian ist übrigens tot.

»Ich hätte es dir lieber nicht gesagt, aber irgendjemand muss es dir sagen«, hatte er zu ihr gesagt, langsam und eindringlich, weil er spürte, dass er sie fast nicht erreichte.

»Ich weiß, wie gut es tut, sich zu hundert Prozent jemandem anzuvertrauen. Aber bei dir hat es zu lange gedauert und jetzt ist er tot«, hatte er nach einer Weile gesagt, während zur gleichen Zeit Sonja Mannheimer begann, Kommissar Hell zu vertrauen. »Du musst da jetzt wirklich aussteigen.«

Sloraczny war entschlossen, seine Tochter von der Trauer abzulenken. Sobald er ihren Aggressionsschub spürte, hatte er aber auf weitere väterliche Tipps verzichtet, ihren Arm gedrückt, Kristina herbeigewunken und war davongefahren.

Alle spürten am letzten Sonntag die Auflösung. Fünfzig Wochen lang würden sie einander nicht wirklich vermissen.

Gina sah sehr verloren aus. Sie redete am Nachmittag nur ganz wenig. Bora hakte sie unter, schubste sie an und ging mit ihr ins Bierzelt.

»Tsunami«, flüsterte er auf der Empore. Er führte Gina zum Geländer und stellte sich direkt hinter sie. »Hab' ich mir mit Teresa früher angeschaut.«

Heute werden die Gäste ja nur in kleinen Gruppen von der Security reingelassen. Früher hat der Chef einfach den Haupteingang aufgesperrt und du glaubst es nicht: Die Leute sind am ersten Samstag wie eine Riesenwelle hereingestürzt, innerhalb von zehn Sekunden war das Zelt voll.«

Tsunami, wiederholte Gina für sich.

»Immer«, sagte Bora, hielt sie fest und drückte sich an sie.

Lisa stand mit Antonia zusammen beim Ausgang und schimpfte über das Wetter: »So ein Wetter!«

Der Herr mit dem englischen Buch saß auf seinem Platz. »Das letzte Hendl, bitte«, sagte er deklamierend zu Ruth.

Der Ostaberger war seit der Früh im Biergarten. Er erzählte sehr laut lustige Geschichten, grölte mit seinen Tischnachbarn ein paar Lieder und sah sich gleichzeitig nervös im Biergarten um.

»Wenn du nicht wegen Kristina kommen würdest, solltest du mit deinen Gästen lieber in einen kleineren Biergarten gehen«, riet ihm Ruth, um ihn abzulenken. »Da geht es viel privater zu. Das ist vielleicht schöner für deine Gäste.«

»Ganz falsch«, sagte der Ostaberger, der Verführer, ohne seinen Blick von Kristina abzuwenden, die weit entfernt, aber noch in Sichtweite mit Gina redete und dabei eine etwas unvorteilhafte Körperhaltung eingenommen hatte.

»Die Typen wollen nichts Privates«, sagte er zu Ruth. »Sie wollen hier auf der Wiesn sein, weil alle anderen auch hier sein wollen. Alles, was sie erzählen, ist ihnen nur erzählenswert, weil es auf dem Oktoberfest in diesem berühmten Zelt passiert ist. Unsere Vorstellung ermöglicht ihnen, dass sie sich als individuelle Besucher vom Massentourismus abgehoben fühlen können«, sagte er hämisch.

»Das ist für die Deutschen und Österreicher wahnsinnig wichtig. Den Russen ist das vollkommen wurscht«, redete er weiter, immer Kristina anschauend. »Die sind dann wieder einfach davon begeistert, dass sie Wate noch was herausgerissen haben.«

»Jetzt hol sie doch her«, sagte er zu Ruth.

»Sie hat jetzt einen anderen«, wiederholte Ruth zum dritten Mal. »Vergiss sie.«

»Sicher nicht«, erwiderte der Ostaberger, nahm einen großen Schluck, stand auf und ging weg.

Ruth sah später Antonia mit Marietta rechnen. *Das war damals auch eine Idee von Teresa*, fiel ihr ein. Als Marietta damals mehrmals mit blauen Flecken zur Arbeit erschienen war, hatte sie zuerst etwas von einem Sturz erzählt und schließlich fassungslos geweint. *Meine Buam derschlag'n mi glatt*. Seit damals bunkerte Marietta den Großteil ihres Geldes bei Antonia und holte es sich Wochen nach Ende des Oktoberfests unbemerkt von den Söhnen bei ihr ab.

Ian wird wirklich nie mehr kommen.

»Where is your smile?«, fragte Ian sanft und sie spürte sein Gesicht an ihrem Hals. Sie schlug mit der flachen Hand an die Stelle, als ob sie einen Moskito erledigte, schüttelte sich, stapfte in ihren

Service und nahm eine Bestellung entgegen. »Ihr seid wohl auch froh, wenn es heute rum ist«, meinten die Gäste wie jedes Jahr freundlich und wie jedes Jahr konnte sich Ruth am allerletzten Tag über Freundlichkeiten besonders freuen. *Wahrscheinlich, weil ich bald selber wieder ein normaler Mensch bin*, dachte sie und holte das Bier.

»Acht fünfundvierzig macht's.«

»Warten S', ich hab's passend.«

Bora lief mit einer alten Zeitung durch den Biergarten. Er sah Ruth und steuerte auf sie zu. »In drei Wochen fange ich an«, sagte er lässig. »An der Universität muss ein Mann die Apparate reparieren.« Ruth sah ihn an. »Ist für zwei Jahre. Rulfo und Alfons sagen, ihr neues Projekt ist jetzt offiziell an der Fakultät und sie haben für die Stelle schon gesucht.«

Ruth drückte ihn. »Dann bleibst du diesen Winter in München?«

»Ja.«

Ruth nahm ihm die Zeitung aus der Hand, die er soeben zerknüllt hatte, glättete sie umständlich und sagte: »Warte nicht. Wenn du sie treffen möchtest, sag ihr das, wenn du mit ihr telefonieren möchtest, ruf sie an. Wenn du mit ihr schlafen willst, zeig ihr das.«

Sie schlug ihm mit der Zeitung sanft auf den Kopf und ließ ihn sitzen.

Der Polizist fiel ihr ein, der sich am Samstag verabschiedet hatte. Er fiel ihr natürlich nicht richtig ein, weil sie dauernd ein bisschen an ihn dachte. Sie konnte sich momentan gar nicht vorstellen, dass sie ihn ein ganzes Jahr nicht sehen würde.

Gott sei Dank ist er bei der Polizei, dachte sie beruhigt. *Da findet er mich, wenn er mich sucht.*